LOUIS CHALMETON.

HEURES DE LOISIR.

> Donne à tous la sainte espérance,
> Azure les labeurs de tous ;
> Change en volupté la souffrance,
> Fais que tout pleur paraisse doux.
> LA POÉSIE, page 104.

PARIS,

en dépôt

CHEZ JULES TARIDE, ÉDITEUR LIBRAIRE,

Rue de Marengo, 2.

1860.

HEURES DE LOISIR.

LOUIS CHALMETON.

HEURES DE LOISIR.

Donne à tous la sainte espérance,
Azure les labeurs de tous ;
Change en volupté la souffrance,
Fais que tout pleur paraisse doux.
La Poésie, page 104.

en dépôt
CHEZ JULES TARIDE, ÉDITEUR LIBRAIRE,
Rue de Marengo, 2.
—
1860.

AU LECTEUR.

Nous ne nous dissimulons pas le danger que peut courir, à notre époque, la publication d'un volume, et surtout d'un *premier* volume de vers.

L'auteur de ce recueil a eu besoin, pour se pardonner à lui-même sa hardiesse, de tous les honorables encouragements dont il fournit ici la preuve, et qu'il adjure ses amis et ses ennemis d'accepter, en manière de justification.

Il lui a semblé que, présenté par les deux grands poètes du siècle, il pouvait, sans trop d'outrecuidance, aborder la difficile épreuve de la publicité; et, grâce au concours bienveillant de nombreuses et hautes sympathies auxquelles est acquise toute sa reconnaissance, il produit aujourdui son œuvre.

*

Puissent ses compatriotes accueillir son livre avec quelque faveur !

Puissent tous ceux qui voudront bien le lire y trouver, à défaut d'un talent réel, du moins un peu de cœur et quelques généreuses pensées !

Puisse surtout ce volume protester victorieusement contre la sentence de mort que la poésie semble avoir encourue et que répètent tant de gens, qui n'ont pas, d'après nous, bien compris qu'*humanité* et *poésie* sont le *corps* et l'*âme,* les deux parties *indivisibles* et *inséparables* d'un tout complet, et que la première périrait, si la seconde pouvait disparaître !

Ainsi que le courant de la pensée humaine, la poésie change quelquefois d'aspect et se transforme; de purement *idéaliste* elle devient *matérialiste*, de *païenne chrétienne,* de *mystique philosophique.* Mais ces différences de forme n'impliquent pas plus la suppression du fonds, que les costumes, les mœurs, les religions et les habitudes variables d'un peuple ne constituent, en se modifiant, la mort de ce peuple lui-même.

La poésie est l'expansion de l'idée qui domine tel ou tel siècle et le caractérise. Cette idée est plus ou moins vraie, plus ou moins durable ; mais enfin, c'est une idée que se charge de traduire et de proclamer pour l'avenir, le poète, cet éternel révélateur du cœur humain et de ses aspirations.

La poésie se meurt !... la poésie est morte !... Mensongère et funeste parole que propagent les uns, sans se rendre bien compte de leur erreur, les autres, en étant bien convaincus que la mort de la poésie, si elle était possible, enlèverait à l'homme ses plus précieux sentiments, l'abaisserait au niveau de la brute et romprait le lien qui unit le ciel à la terre.

Indifférence d'un côté, spéculation de l'autre !

Non, la poésie n'est pas morte ! non, la poésie ne saurait mourir, surtout à notre merveilleuse époque, où le génie humain a pris des proportions si colossales, où la science (si poète, quoi qu'on en dise) a livré tant de secrets jusqu'alors impénétrables et nous promet tant pour l'avenir !

Nous l'affirmons sans crainte d'être démenti, le dix-neuvième siècle avec ses héros et toutes leurs gloires, ses poètes, ses orateurs et tout leur génie, ses savants et toutes leurs découvertes, sa vapeur vulgarisée et reliant les deux mondes, son électricité

appliquée et propageant l'idée avec la rapidité de la
foudre, son isthme de *Suez* en voie de percement,
ses chemins de fer, ses montagnes nivelées, ses val-
lées comblées, son mouvement d'idées, son amon-
cellement de faits, ses révolutions si désintéressées
et si pures, ses triomphes et ses chutes, ses déses-
poirs et ses enthousiasmes, ses joies et ses douleurs,
le dix-neuvième siècle, disons-nous, sera sans con-
tredit le *siècle poète* par excellence de l'Europe, et
surtout de notre France, cette fille aînée de la
poésie, que l'on accuse pourtant d'avoir renié sa
mère, parce que seuls, dit-on, ses intérêts maté-
riels semblent la dominer !

Et si nous écrivons ces choses en tête de ce volume, ce n'est pas que nous ayons la prétention de
vouloir rien relever de ce qui serait tombé, rien
ressusciter de ce qui serait mort ; tout ne prouve-t-il
pas d'ailleurs d'une manière victorieuse et irréfu-
table le mouvement et la vie que nous affirmons ?

Notre seul but, en publiant notre œuvre, a été
d'apporter une modeste pierre à l'édifice contre lequel ne prévaudront jamais ni les sécheresses de
l'indifférence, ni les désillusions de l'intérêt, d'a-
jouter un mot, si faible qu'il soit, au long et splen-

dide plaidoyer de tous les hommes de cœur en faveur de la pensée humaine et de la poésie, son éternelle manifestation.

M. de Lamartine à qui nous avions adressé une épreuve de notre volume, a bien voulu l'honorer des lignes suivantes :

Mon cher poète,

J'ai reçu le volume de vos poésies ; j'ai été poète, je ne le suis plus. L'âge des vers n'est pas l'automne, mais c'est l'âge des jouissances calmes de l'intelligence et de l'âme.

J'ai jeté un regard, entre deux tristesses, sur vos pages ; elles ont le grand accent, la grande couleur. Persévérez !

Je respire avec délices l'air de vos poétiques montagnes dans vos beaux vers ; ils ont un charme que l'on ne peut emprunter qu'à votre douce et grandiose nature d'Auvergne.

Votre mérite est d'avoir traduit en strophes durables comme le talent ces sentiments, ces brises et

ces parfums qui sont chez vous la poésie des lieux
et des cœurs.

Je ne doute pas que ce volume ne vous donne une
honorable mémoire parmi les poètes de lacs et de
montagnes dont l'Angleterre est si riche, et qui
illustreront aussi nos paysages.

Votre bonne amitié pour moi et les visites que
vous avez bien voulu faire à un vétéran des vers couché sous sa tente, me donnent le droit de vous dire :
Courage ! votre pays vous dira : Honneur ! peut-être
la postérité vous dira : Gloire !

LAMARTINE.

Paris, 14 juillet 1860.

M. Victor Hugo, à qui nous avions soumis notre
manuscrit [1], a aussi daigné l'apostiller favorable-

---

(1) Moins la bluette *Entre Mari et Femme*, et parmi les poésies
diverses ajoutées depuis les deux pièces intitulées : *La Paix* et *Au
8e Régiment d'infanterie*.

ment, et le lecteur pourra lire plus loin sa bien-
veillante lettre.

Le public aura-t-il sur ces essais l'opinion des
deux illustres poètes ?

Voudra-t-il les bien accueillir ?

Nous lui en serons reconnaissant.

Les repoussera-t-il ?

Nous respecterons son verdict et tâcherons de
mieux faire, de mettre même de côté muses et
poésie, si tel était son bon plaisir, à lui souverain !
Mais quoi qu'il en soit, de la victoire ou de la défaite, il nous restera pourtant cette consolation :
que la céleste Vierge n'est pas tellement aban-
donnée que l'on ne prenne encore parti pour ou
contre ses interprètes, même les plus humbles.

A notre sens, châtier c'est encore aimer ; et quoique vaincu, nous nous féliciterions toujours d'avoir
combattu pour la cause sainte dont les champions
heureux ont immortalisé les époques les plus en re-
nom de l'histoire.

Les arts, dont la poésie est la grande synthèse,

n'ont-ils pas été le fleuron par excellence des siècles de *Périclès*, d'*Auguste*, de *Léon X* et de *Louis XIV ?*

Louis CHALMETON,

au Secrétariat de la Mairie.

Clermont-Ferrand, le 1er août 1860.

Au souvenir de ma Mère !

LETTRE DE M. VICTOR HUGO

A L'AUTEUR.

Hauteville-House, 3 janvier 1860.

J'ai reçu, Monsieur, tous vos envois. Vous me comblez de beaux vers, et je vous en remercie. Le temps, malheureusement, me manque pour vous dire en détail tout ce que je pense de votre remarquable et précieux manuscrit.

Recevez, Monsieur, avec tous mes remercîments, toutes mes félicitations.

Victor HUGO.

UNE BONNE FORTUNE,

COMÉDIE EN DEUX ACTES ET EN VERS,

Représentée sur le théâtre de Clermont-Ferrand, le 14 février 1859.

———

DU THÉATRE [1].

16 février 1859.

La saison théâtrale vient de s'ouvrir, et il nous a paru opportun de formuler certaines considérations générales sur le théâtre, sa mission civilisatrice, ses résultats moraux dans les villes où l'art dramatique est en honneur, et conséquemment applaudir aux efforts faits dans ce but par celles où cet agent social n'a pas encore atteint tout son développement.

Et d'abord, qu'est le théâtre?

Il est, selon nous, la mise en action de l'humanité entière,

[1] L'auteur écrivait ces lignes en novembre 1857; il a cru pouvoir les placer, en manière de préface, en tête de sa comédie, à laquelle le public a bien voulu réserver un accueil si gracieux.

tantôt héroïque et tantôt vulgaire, tantôt poignante et tantôt
rieuse, avec ou sans la musique, qui ne fait qu'ajouter un élé-
ment plus idéalisé au canevas primitif appelé du nom générique
de *drame*.

Le théâtre est la comédie humaine, vraie, générale, univer-
selle, ne peignant pas seulement certaines classes et certaines
catégories, mais l'ensemble des classes et des catégories, et cela
sans flatterie ni dénigrement, et en mettant également au jour
les vices et les vertus de ses héros.

Il doit être tel, que chacun puisse s'y reconnaître et y puiser
un enseignement ou un reproche, un encouragement ou un remords.

Le théâtre, c'est l'homme avec toutes ses bassesses ou ses en-
thousiames, ses joies ou ses douleurs; le théâtre, c'est la conscience humaine avec tous ses aveux invincibles, le miroir où
viennent se refléter toutes ses impressions, et devant lequel elle ne
peut jeter ce voile d'accommodements qui la trompe si souvent
en voulant la flatter.

Et comme ce n'est que la comparaison qui rend plus efficace
la voix de la conscience, qu'il convient par conséquent d'augmenter le nombre de ses termes pour rendre plus facile la distinction à
faire entre le *bien* et le *mal,* il est échu au théâtre la mission de
résumer en un cadre restreint ces deux attractions de l'humanité;
de les offrir aux esprits et aux cœurs, concentrées, accumulées,
nous pourrions presque dire en raccourci, et de suppléer un travail
impossible à l'observateur le plus attentif.

Il est pour tous certain que l'enseignement le plus profitable
qui puisse être présenté à l'homme est celui de sa propre connais-

sance. Le théâtre, qui a pour but de multiplier, de mettre en lumière les points de contact des hommes entre eux, a donc un résultat civilisateur à obtenir. Il est le dictionnaire moral qui donne la clef des passions humaines ; aussi pourrait-on presque formuler en axiome, que les populations sont d'autant meilleures qu'elles en ont d'autant plus usé, d'autant moins bonnes qu'elles en ont été d'autant plus privées.

L'Église le défend, et nous nous expliquons difficilement cette défense ; car la coulisse (dans son acception psychologique) et le confessionnal ont ensemble certains rapports qui sembleraient militer en faveur de plus d'indulgence : ici l'on interroge la conscience, là on lui soumet tantôt un exemple à suivre, tantôt un exemple à éviter. Ces exemples sont toujours juxtaposés pour en rendre la comparaison plus facile, et il n'est pas douteux pour nous qu'une représentation émouvante, ayant fait également ressortir le *bien* et le *mal*, ne laisse en définitive dans la mémoire et le cœur des spectateurs une impression favorable au bien.

Celui qui écrit ces lignes assistait un soir au théâtre des Variétés, à Paris, à une représention de *la Fille de l'Avare ;* Bouffé jouait *Grandet,* et chacun sait avec quelle perfection. Dans l'une des scènes de la pièce, le susdit *Grandet* traite une affaire et met à cette opération toute son habileté, toute sa dialectique financières. *Grandet* prend du tabac, il ouvre sans bruit sa tabatière et la remet en poche après y avoir puisé une prise clandestiné.

Mauvais exemple !

Nous n'avions sur nous ni tabatière ni cornet de tabac ; mais, l'acte fini, nous courûmes au bureau voisin en empletter pour dix centimes, et nous nous livrâmes à de copieuses distributions

1*

à nos voisins et.... voisines des secondes loges, place que nous occupions.

Ce mouvement, bien puéril, mais pourtant tout spontané de notre part, peut servir à confirmer notre opinion relative aux exemples que donne le théâtre, aux comparaisons qu'il peut présenter. Donnez au fait précédent plus d'importance, augmentez-en le nombre, et le théâtre ne sera plus seulement *moralisateur*, il sera *réparateur*.

Cette opinion, qui est la nôtre, pourrait soulever certaines objections, et nous tenons à y répondre d'avance.

On a beaucoup parlé durant ces derniers temps de l'immoralité du théâtre, de l'immoralité des pièces de théâtre, *des dames aux camellias* amnistiées et pouvant par conséquent donner à certaines femmes le goût des camellias (d'une certaine provenance, bien entendu). Pour notre compte, nous nions ce résultat, parce que qui dit *amnistie* implique *déchéance*, et que la déchéance ne *peut* et ne *doit* être du goût de personne ; en second lieu, que si cette amnistie avait pour conséquence d'amener au cœur certaines pitiés, le mal n'en serait que médiocrement grand ; qu'enfin, ces sortes de redressements sont tout à fait dans l'esprit religieux et moral inauguré par *Jésus* par son mot à la femme adultère et son reproche aux ultras moraux de l'époque.

Nous pensons qu'il n'existe pas une pièce *absolument mauvaise ;* cette énormité, encore à faire, disparaîtrait inévitablement devant la conscience publique, qui se révèlerait par des sifflets et se matérialiserait par des projectiles de toute espèce.

Nous affirmons aussi que les prétendus mauvais exemples donnés au théâtre n'existent pas, en tant qu'exemples excitants, mais

seulement comme points comparatifs, comme *repoussoirs* appelés
à faire d'autant plus ressortir le but de toute œuvre dramatique,
le triomphe de la vertu sur le vice, du *bien* sur le *mal*.

Si le *traître* n'était pas puni à la fin de la pièce, les habitués
du *paradis* (habitués qui ne sont pas tous des anges, nous en con-
venons) se lèveraient en masse et donneraient au dénouement
une énergique entorse.

On voit même souvent cette partie du public prendre en désaf-
fection, en haine quelquefois, non seulement un vilain personnage,
mais encore l'acteur chargé de le représenter, et l'apostropher
quand il entre au théâtre après avoir honnêtement jeté son bout de
cigare pour endosser la livrée matérialisatrice du vice, qui lui vaut
tous les soirs tant d'épithètes mal sonnantes.

Ces faits, parfaitement certains, ne prouvent nullement, il nous
semble, l'influence si pernicieuse et si défendue du théâtre. Que
si l'on nous objectait le mal qu'il peut produire sur l'esprit de quel-
ques-uns, nous répondrions que Dieu lui-même *généralise* ses
œuvres, et que malgré leur perfection *générale* elles ont pourtant
en apparence leurs inconvénients *particuliers*.

Le soleil nuit à l'un et plaît à l'autre, la pluie fait rire celui-ci
et déplaît à celui-là ; la pluie et le soleil existent, et, en somme, les
choses se nivellent, se balancent et finissent par présenter un ensemble moins haïssable que certains propriétaires pessimistes
l'avancent si souvent.

Un critérium certain pour nous est celui-ci : le peuple réalise le
dimanche son idéal de la semaine, le théâtre ou le cabaret ; vaut-
il pas mieux pour lui l'un que l'autre ? Les enseignements dramat-
tiques, tout immoraux qu'on veut bien les dire, atteignent-ils la

dégradation qu'entraîne l'abus de la *chopine?* Si non, et c'est incontestable, favorisez chez le peuple le goût du théâtre.

Aussi, notre dernière phrase sera-t-elle celle-ci : Heureuses les villes qui ont un théâtre, heureuses les populations qui aiment le théâtre !

A M. L. DE CHAZELLES,

MAIRE DE LA VILLE DE CLERMONT-FERRAND.

MONSIEUR LE MAIRE,

Chacun possède un goût : tel, la pêche à la ligne ;
Tel, après son bureau, va surveiller sa vigne ;
Il en compte les ceps et suppute le vin
Qu'octobre lui vaudra. Tel court en son jardin
Admirer ses carrés où le cantaloup brille,
Et rentre radieux, suivi de sa famille ;
Tel autre aime la chasse, et tel l'estaminet,
Celui-ci le cheval..... Moi, je le dis tout net,
J'aime bien mieux les vers.....

... Et pour continuer en vile prose, Monsieur le Maire,
j'ai l'honneur de vous dédier l'un des fruits de ma muse,
fruit mal venu, si vous le voulez, mais que je me permets
de vous offrir pourtant tel quel.

Il vous revient d'ailleurs de droit, la Mairie, dont vous
êtes la personnification, ayant été presque mon Égérie.

Veuillez agréer, Monsieur le Maire, l'assurance de mes
sentiments d'affection et de respect.

Louis CHALMETON,
au Secrétariat de la Mairie.

UNE BONNE FORTUNE,

COMÉDIE EN DEUX ACTES ET EN VERS.

———

PERSONNAGES.	ACTEURS.
CHARLES DE PRÉCY, riche actionnaire (48 ans)..	M. DOLBEAU.
EMMA DE PRÉCY, sa femme (35 ans)...........	Mme DOLBEAU.
LE BARON DE SAINT-BRIS, ingénieur (52 ans)..	M. LECOMTE.
Mme CHARBONNEAU, rentière (40 ans)........	Mme BACHIMOND.
LOUIS, frère de Mme de Précy (25 ans).........	M. FRÉDÉRIC.
CAMILLE, cousine de la même (18 ans)........	Mlle DEVENAUX.
VICTOIRE, femme de chambre................	Mlle LOUISE B.
FRANÇOIS, valet de chambre................	M. FRANCIS.
Un Domino bleu.	
Un Domino noir.	
Un Monsieur en habit noir.	
Une Pierrette.	
Un Débardeur.	
Un Arlequin.	
Un Domino blanc.	
Une Marquise.	
Un Pierrot.	
Une Reine.	
Un Page (femme).	
Une Suissesse.	
Un Pompier.	
Masques, Dominos et Hommes en habit noir.	

La scène se passe à Paris : au premier acte, chez M. de Précy, rue St-Lazare ; —
au deuxième acte, au foyer de l'Opéra, durant un bal masqué (1er tableau),
et dans une maison de la rue de Londres (2e tableau).

———

A Mme E. D......,

A propos du rôle d'Emma de Précy, dans *une Bonne Fortune* (1).

———

Madame, j'ai besoin d'une *Emma* gracieuse ;
Quelle femme pourrait l'être à l'égal de vous ?)
Il me la faut jalouse, ardente, généreuse
Et bonne, en se vengeant de son volage époux.

Poète nouveau-né, je la mets sous votre aile,
Secondez nos efforts de votre esprit si fin ;
Elle compte sur vous, et je compte sur elle :
Soyez le diamant, *Emma* sera l'écrin.

18 décembre 1858.

(1) Envoi fait au moment de la distribution des rôles.

———

UNE BONNE FORTUNE.

ACTE PREMIER.

Un salon élégant éclairé par deux lampes. — Feu dans la cheminée près de laquelle est assise Mᵐᵉ de Précy. Elle a près d'elle un guéridon sur lequel se trouvent un livre et une broderie. — Elle sonne.

SCÈNE I.

Mᵐᵉ De Précy, Victoire, qui entre.

Mᵐᵉ DE PRÉCY.

Monsieur Louis sait-il qu'il sera bientôt l'heure? Dites-le-lui!

VICTOIRE.

J'y vais.

Mme DE PRÉCY.

Vous savez où demeure
L'ouvrière de qui j'attends mon domino ;
Courez-y..... C'est, je crois, madame Robineau.....
Mais, vous la trouverez, n'est-ce pas ?

VICTOIRE.

Oui, Madame !

Mme DE PRÉCY.

N'oubliez pas, au moins, de dire à cette femme
Que ce déguisement doit être gracieux,
Élégant, et surtout qu'il faut qu'à tous les yeux
Il me cache !

VICTOIRE.

C'est bien !

(On entend sonner.)

Mme DE PRÉCY, à part.

Mais, voilà que l'on sonne ;
A cette heure, pourtant, je n'attendais personne.
(A Victoire)
Avant que de partir, Victoire, allez donc voir !

(Victoire sort.)

———

SCÈNE II.

Mme De Précy, François.

Mme DE PRÉCY, impatientée.

Mon Dieu! quelque importun peut-être à recevoir!

FRANÇOIS, qui entre.

Madame voudrait-elle admettre une visite ?
Un Monsieur.....

Mme DE PRÉCY, à part.

Allons, bien, je n'en serai pas quitte!
(A François, avec brusquerie.)
Qu'il entre donc!

FRANÇOIS, qui sort et rentre peu après.

(Il annonce.)
Monsieur le baron de Saint-Bris!

SCÈNE III.

Mme De Précy, le Baron.

Mme DE PRÉCY, affectueusement.

Bonsoir, mon cher baron, vous êtes à Paris?
Je vous croyais si bien au fond de la province!

LE BARON, après s'être assis.

Madame, dans le Var le plaisir est bien mince;
Et je viens, à Paris, consacrer un grand mois;
De mes travaux ici j'allégerai le poids;
Car, vous le comprenez, la vie officielle
A besoin, quelquefois, de se détendre l'aile!
Pour prendre du repos, je suis donc à Paris
Depuis lundi matin, et le plaisir..... permis
M'a tout seul occupé; car, Madame, à mon âge,
Même dans les plaisirs, je ne puis qu'être sage.
Je vais au bal, j'assiste à d'élégants concerts;
Je me refais.....: Mardi, dîner de vingt couverts;
Mercredi, course au bois; jeudi, loge au théâtre.
J'ai mon temps employé sans en pouvoir rabattre
Une heure!... Cependant, Madame, pour vous voir,
Je me suis présenté chez vous vendredi soir;
Mais vous étiez absente, et ma carte écornée
A, chez votre concierge, été par moi donnée. ...
Vous l'a-t-on dit?

Mme DE PRÉCY.

Monsieur, je l'ai bien regretté,
Et je vous le confesse avec sincérité;
Mais un devoir pieux m'appelait chez ma mère,
Où j'étais. Veuillez croire à mon regret sincère,

Acceptez mon excuse..... A mon cuisant ennui
Vous venez apporter le remède aujourd'hui.

LE BARON.

Comment va de Précy ?

Mme DE PRÉCY.

Bien !

LE BARON.

Va-t-il à la Bourse
Poursuivre l'*Orléans* et le *Nord* dans leur course ?

Mme DE PRÉCY.

Hélas ! et beaucoup trop ; après le déjeûner
Il sort, pour ne rentrer qu'au moment du dîner ;
A peine l'ai-je vu, que bientôt une affaire,
En dépit du mari, chasse l'actionnaire,
Qui, grave, me répond, si je le pousse à bout :
« La Bourse, chère Emma, doit passer avant tout. »
C'est ennuyeux !

LE BARON.

Tels sont tous les hommes d'affaires :
Les uns sont enfermés comme en des sanctuaires
Dans leurs bureaux ; ceux-là vont au dehors chercher
Telle solution qu'ils n'ont fait qu'ébaucher ;
Qu'y pouvez-vous ?

Mme DE PRÉCY.

. Je sais que d'ailleurs Charles m'aime ;
Qu'il est bon, généreux, un peu prodigue même
A l'endroit de mes goûts ; que jamais un désir
N'est exprimé par moi, sans que pour l'accomplir
Il ne soit prêt ; qu'il m'est, en son amour, fidèle,
Et qu'à son abandon jamais son cœur ne mêle
Rien de grave !...

LE BARON.

Mon Dieu ! que voulez-vous de mieux ?
Préféreriez-vous donc un époux ennuyeux,
Toujours là, près de vous, vous épiant sans cesse
Et vous vendant trop cher sa trop chère tendresse ?
Vous demandant toujours : Que fais-tu ? d'ou viens-tu ?
Vous fatiguant, enfin, à force de vertu ?

Mme DE PRÉCY.

J'en conviens ; aussi bien je mets ma patience
A supporter l'ennui que me fait son absence,
Et j'attends le moment où, libre de tout soin,
Charles pourra m'aimer de près.... et non de loin !

LE BARON, après une pause.

A propos, avez-vous tantôt votre soirée ?
Attendez-vous quelqu'un ?

Mme DE PRÉCY.

Non, je vis retirée,
Et personne ce soir ne viendra.

LE BARON.

Quoi, vraiment !
Au bal de l'Opéra passez donc un moment ;
J'irai !... Connaissez-vous cette ardente mêlée
Qu'on nomme un bal masqué ?

Mme DE PRÉCY.

J'en suis immaculée,
Mais ne saurais aimer ce fatigant plaisir.....
Et puis..... seule avec vous !

LE BARON.

Charles va revenir,
Allons-y tous les trois !

Mme DE PRÉCY.

Camille est conjurée,
Chez des amis à nous, de passer la soirée.....
Un bal blanc..... En lisant, ici, je l'attendrai.
Je ne sortirai pas.

LE BARON.

Je vous ramènerai,
Si vous le désirez, à quatre heures ; la danse

A cette heure a prouvé sa burlesque science ;
Allez-y donc ! Précy ne saurait trouver mal
Qu'avec moi, son ami, l'on vous ait vue au bal.
D'ailleurs, un domino vous couvrirait ; un masque
Vous cacherait à tous ! Un bal, c'est très-fantasque,
Grotesque, ébourriffé, poétique, charmant,
Et je voudrais jouir de votre étonnement
A vous voir admirer, d'une loge fermée,
Tous ces hommes hurlants et leur danse animée ;
C'est à voir une fois !... D'ailleurs, Charles viendra...
Et Camille ?... Ma foi, sa bonne l'attendra !

Mᵐᵉ DE PRÉCY.

Non, merci ! pour ce soir, acceptez mon excuse ;
(Elle indique le livre.)
Je ne sortirai pas ; cet ouvrage m'amuse,
Pique très-grandement ma curiosité ;
Je ne sortirai pas, baron, c'est arrêté !

LE BARON (Il se lève).

Je n'insisterai plus, alors !... Bonsoir, Madame !
A Charles je ferai compliment de sa femme,
Et si jamais de moi le Ciel fait un époux,
Qu'il me trouve, du moins, femme semblable à vous.
Bonsoir, Madame, adieu !
(Il est sur le point de sortir.)

SCÈNE IV.

Les mêmes, De Précy, qui entre en costume de soirée.

DE PRÉCY, au baron.

(A sa femme.)
Tiens, c'est toi ! Bonsoir, chère !

Mme DE PRÉCY, à son mari.

Charles, as-tu dîné ?

DE PRÉCY.

Non, une grave affaire
Me retiendra ce soir ; nous avons à traiter.....
(Montrant son costume.)
Un canal, pour demain. Je viens de m'apprêter ;
Duval et Saint-Léon m'attendent aux *Trois-Frères*
Pour y bâcler, *inter pocula,* nos affaires.....
Après dîner, un bal auquel j'assisterai.....
Demain, à mon retour, Emma, je te dirai
(Sentencieusement.)
Ce que nous aurons fait..... Rien à qui rien ne tente !
(Minaudant.)
Ton *coin du feu* te va d'une façon charmante !
(Au baron.)
Et toi, mon cher baron, depuis quand à Paris ?

LE BARON.

Depuis cinq jours.

2

DE PRÉCY.

Ma foi, pour deux anciens amis,
C'est trop de cinq; pourquoi chez moi ne pas descendre
Quand tu viens à Paris? Paul, tu devrais comprendre
Le bonheur que j'aurais en te voyant chez moi.
Quand je vais dans le Var, je loge bien chez toi!
Il est mal d'oublier ton couvert à ma table,
Une chambre céans; enfin, le confortable
Que t'a souvent offert un ami de vingt ans.....
Je me rappellerai tes procédés criants!

LE BARON.

Je suis confus, mon cher, du cordial reproche
Que me fait un ami déjà d'ancienne roche,
Et, sans plus de façons, je me serais permis
De m'installer chez toi quand je viens à Paris,
Mais.....

DE PRÉCY, l'interrompant.

Tu me dis un mais; quel est-il donc, de grâce?

LE BARON.

Le voici. Tu le sais, je suis un homme en place,
Je suis ....

Mme DE PRÉCY, ironiquement.

Mon Dieu, baron, par vous j'aurais l'honneur
De posséder céans un..... grave ingénieur;

Ayez pour vos amis plus de galanterie,
Et ne vous croyez pas !.....

LE BARON. »

Quelle plaisanterie !

(A De Précy.)
Je suis ingénieur, et j'ai douze mois l'an
L'honneur d'avoir au col l'officiel carcan ;
Dans mon département, chacun pourrait te dire
Les éloges nombreux que mon zèle m'attire,
Et si jamais travail fut par moi négligé.
Je suis ingénieur, ici, quoique en congé ;
Mais libre..... Toutefois, à ma liberté chère
Je ne saurais, crois-le, mon ami, mieux complaire
Qu'en la satisfaisant en venant tous les jours
A table te prêter mon amical concours ;
Mais tout mon temps ici se passe au ministère.
D'abord, pour une urgente et très-utile affaire :
Une fontaine ! qui depuis bientôt vingt ans
Est de nos Provençaux l'un des rêves brillants.
L'État avait promis une assez forte somme,
J'y comptais ; mais, hélas ! comme en un jeu de paume,
Je la vois ricocher sans s'arrêter jamais.
Hier, j'en étais sûr ; déjà je la tenais ;
Joyeux, j'en transmettais la pompeuse dépêche,
Quand un ordre nouveau me parvient, et m'empêche

De pousser plus avant mes travaux commencés ;
Force m'est de laisser les terrains défoncés.
Mais d'un succès prochain je nourris l'espérance,
Et ma main d'un jet d'eau veut doter la Provence ;
Mon nom, du monument, inscrit au piédestal,
Sera de cet honneur le gage triomphal !
Et d'une. — Des beaux-arts ma ville est idolâtre,
Et pour la satisfaire il lui faut un théâtre.
Ce projet important a ses difficultés :
Choix d'un emplacement central, formalités
D'expropriation, enquête sur enquête ;
Tout était terminé, la besogne était prête ;
Mais une question d'argent fait hésiter
Le conseil à propos du devis à voter :
Tel veut du superflu, tel le strict nécessaire ;
Celui-ci du clinquant, celui-là du sévère ;
Et parmi ces avis si fort enchevêtrés,
Lequel suivre ? Pourtant, dans cette voie entrés,
Reculer ne pourrait se faire avec prudence.
On est si désireux de musique en Provence !
Et de deux ! — Mon ami, voici tout mon tourment :
Tu connais de Thémis le honteux monument ;
Il est vieux, il est lourd, de fort mauvaise mine,
Et ses murs lézardés font craindre sa ruine ;
On l'abat, pour plus tard le réédifier,
Et je suis tourmenté par monsieur *le Premier*,

Qui me mande les plans, les devis, et me prie
D'en terminer enfin avec mon incurie !
Quoique à Paris, je sens de mon chef-lieu la main
Sur moi s'appesantir, et dès après-demain
Je reprends mon collier !

DE PRÉCY.

Mon bon ami, j'admire
Ton activité rare et le parti que tire
Ton zèle officiel, même de tes plaisirs ;
Tu cèderas pourtant à mes pressants désirs
En n'étant pas ici par trop fonctionnaire ;
Ensemble nous ferions l'école buissonnière,
Dans un monde nouveau je te présenterais ;
J'ai souvent des dîners où je t'introduirais ;
De Paris tu pourrais avoir une teinture,
Et pour tes courses, Paul, je t'offre ma voiture.
Acceptes-tu ?

LE BARON.

J'aurai le plaisir de te voir
Souvent. Tiens, je me suis déjà, vendredi soir,
Présenté ; j'en disais mes regrets à Madame
Avant ton arrivée, et ce, du fond de l'âme !
Je viendrai donc souvent ; mais tu m'excuseras
A tes dîners priés si je ne te suis pas.

2*

Pour ta table, mon cher, je te promets, sans gêne,
De venir m'y placer une fois par semaine.
Par exemple..... lundi !

DE PRÉCY.

Puisque ainsi tu le veux,
A lundi ! j'aime mieux un contretemps que deux ;
Mais, tu viendras ?

LE BARON.

Tu peux y compter !

DE PRÉCY, à sa femme.

Adieu, chère !
Je pars, car on m'attend pour terminer l'affaire.
(Au baron.)
Que feras-tu ce soir ?

LE BARON.

Moi, je vais chez Froman.

DE PRÉCY, à sa femme.

Et toi ?

Mme DE PRÉCY.

Je vais broder et finir ce roman.

DE PRÉCY, à sa femme.

A demain !
(Au baron.)
A lundi, n'y manque pas !

(Le baron salue et se rencontre sur le seuil de la porte avec Mme Charbonneau,
qui entre ; il recule, la salue profondément et sort.)

SCÈNE V.

De Précy, Mme de Précy, Mme Charbonneau.

DE PRÉCY, à cette dernière.

Madame,

Je sortais, et vous fais mes excuses; ma femme
Aura bien du plaisir à vous voir !

(Il sonne, François entre. — A François.)

Mon chapeau !

(François sort et rentre avec le chapeau demandé.)

Je vous laisse; au revoir, madame Charbonneau !

(Il la salue et sort.)

SCÈNE VI.

Mme De Précy, Mme Charbonneau.

Mme CHARBONNEAU, après s'être assise.

Mais comment allez-vous, ma très-chère ?

Mme DE PRÉCY.

La grippe
Me tient toujours bien fort !
(Elle tousse.)

Rien n'y fait. Et Philippe,
Ce cher enfant, comment va-t-il ?

Mme CHARBONNEAU.

                    Il est bien mieux,
Et se lève, aujourd'hui, par la grâce des cieux !

Mme DE PRÉCY.

Enfin !... Quel est le vent qui ce soir vous amène ?

Mme CHARBONNEAU.

Ma visite, en effet, n'est rien moins que chrétienne.
Je vous dérange, Emma ; mais, dans votre quartier
Je passais, et voyant la lumière au premier,
Je suis chez vous montée... Avez-vous vu, ma chère,
Depuis longtemps déjà, madame Quatremère ?

Mme DE PRÉCY.

Voilà presque trois mois.

Mme CHARBONNEAU.

                    C'est un oubli sans nom ;
Elle vous aime tant !..... Allez-vous au sermon
A Saint-Roch, où l'on prêche une fois par semaine ?
Lundi, n'avez-vous rien ici qui vous retienne ?....
Allons-y, voulez-vous ? S'il fait beau, toutefois ;
Car Paris, par la boue, est l'un de mes effrois !
Un manchon à porter, un parapluie, un livre !...
La police à chacun devrait bien faire suivre

Son droit chemin... Tenez, hier, au boulevard,
Pour me rendre chez moi, je passais par hazard;
Il advint que je fus, par mon voile, mêlée
A l'habit d'un monsieur qui sortait d'une allée,
Et qui prenait à gauche, alors que son devoir
L'obligeait à passer à droite du trottoir!....

Mme DE PRÉCY, avec ironie.

Tout dépend du côté que vous teniez, ma chère!

Mme CHARBONNEAU.

Vous savez que l'abbé Milliroux monte en chaire
A trois heures; je l'ai, ma foi, trouvé charmant;
Son geste est gracieux dans son entraînement;
Quel plaisir il m'a fait! Sur la mère chrétienne
Il prêchait ce jour-là... Voulez-vous que je vienne
Lundi soir vous chercher?

Mme DE PRÉCY.

     Non; car précisément
J'ai du monde à dîner lundi, pour mon tourment!
(Elle tousse.)
Et puis, la grippe!

Mme CHARBONNEAU, se levant.

    Eh bien! je vous quitte; adieu, chère!
Verrez-vous pas bientôt madame votre mère?

Emma, faites-lui bien, de ma part, compliment.
Descend-elle toujours dans cet appartement,
Cité d'Antin, huit bis ?

Mme DE PRÉCY.

Non, il était humide ;
Et d'ailleurs, l'escalier était par trop rapide ;
Elle avait à se plaindre aussi de son portier,
Qui, Savoyard pur sang, pour elle était grossier.

Mme CHARBONNEAU.

Et sa santé ?

Mme DE PRÉCY.

Pas mal !

Mme CHARBONNEAU.

Je pars ; adieu !

(Mme Charbonneau sort par la porte du fond. Après sa sortie, Camille entre par une porte latérale ; elle est costume de bal (bleu et blanc), a un pardessus sur le bras et un rouleau de musique à la main.)

SCÈNE VII.

Mme De Précy, Camille.

Mme DE PRÉCY, maternellement fébrile.

Cousine,
A quelle heure crois-tu que ton bal se termine ?

CAMILLE.

Dame ! je ne sais pas... c'est selon... Car ce soir
De m'amuser beaucoup je garde peu l'espoir.....
C'est selon !

(Mme de Précy sonne; Victoire entre.)

SCÈNE VIII.

Les mêmes, Victoire.

Mme DE PRÉCY, à Victoire.

La voiture en bas est-elle prête ?

VICTOIRE.

Oui, Madame !

Mme DE PRÉCY, examinant Camille.

Mon Dieu ! la charmante toilette !
Camille, tes cheveux sont hardiment jetés ;
Ces rubans, par beaucoup ils seront convoités ;
Ta résille est divine, et sur ton blanc corsage
Que gracieusement ce galon bleu s'étage !
Quel joli pardessus !... As-tu pris ton trio
De *Mendelshon*, ta valse et ton adagio ?

Car, tu sais, on fera de la musique intime,
Et puis on dansera. Pour tout cela, j'estime
Qu'à trois heures au plus, ma chère, on sortira;
Victoire va te suivre et te reconduira.
Cousine, un bon baiser. Va, tu seras charmante
Et tu plairas!

CAMILLE, naïvement.

A qui?

Mme DE PRÉCY.

La question m'enchante!
Mais..... à tous!

CAMILLE.

Qu'entends-tu par ce tous!

Mme DE PRÉCY, vivement.

Allons, va!
Ne rentre pas trop tard, car je t'attendrai là.
Amuse-toi, sois gaie, et charmante, et jolie!
Et fais mes compliments à madame Amélie.....
Je la verrai demain..... Ta bonne est là ; bonsoir!

(Elle l'embrasse sur le front. — Camille et Victoire sortent.)

SCÈNE IX.

Mme De Précy, seule et avec explosion.

Ouf !... A ce bal, enfin, je pourrai donc te voir !

Je pourrai te prouver qu'épouse délaissée,

Je suis femme, pourtant, et femme au cœur blessée ;

Pour dérober à tous mon douloureux affront,

Un masque couvrira la rougeur de mon front !
  (Amèrement.)

Sous ce déguisement, tu m'aimeras peut-être !

Va, je serai joyeuse et folle, pour paraître

A ton esprit blasé plus digne de ton cœur ;

Tu te croiras bientôt mon amoureux vainqueur !

Je veux que de ce bal tu me dises la reine,
              (Avec désespoir.)

Que tu m'aimes, enfin ! Oh ! la douleur m'entraîne
              (Tendrement.)

A me venger, hélas ! Mais Charle, alors, pourquoi,

Si tu m'aimes encor, me causer tant d'émoi ?

Me pousser, moi, ta femme, à jouer ta maîtresse ?

Par ce suprême effort, juge de ma tendresse !
  (Avec une impatience fébrile.)

Mais Louis ne vient pas !
              (Elle prend dans un cabinet son masque et son domino
              que Victoire est censée y avoir déposés.)
              Mon masque, le voilà !
  (Elle l'essaie et se regarde dans la glace.)

Que je l'essaie. Horreur !... Bien, mon costume est là.

_____

3

SCÈNE X.

La même, Louis, qui entre vivement.

Mme DE PRÉCY, avec délire, à Louis.

Te voilà donc, enfin ! A quelle heure commence
Le bal ?

LOUIS.

A minuit.

Mme DE PRÉCY.

Oh ! j'aurai donc ma vengeance !
Mais partons ; car quelqu'un pourrait encor venir.
Tu n'as pas oublié de faire prévenir
Une voiture ?

LOUIS.

Elle est, à deux pas d'ici, prête ;
Tu pourras y braver toute vue indiscrète.

(Louis et Mme de Précy sortent. — Cette dernière a mis un chapeau et un
manteau, et caché sous ce dernier vêtement son masque et son domino.)

FIN DU PREMIER ACTE.

ACTE DEUXIÈME.

PREMIER TABLEAU.

Le foyer de l'Opéra durant un bal masqué. — Brillant éclairage. — Des masques et des dominos passent et repassent sur le théâtre, où doit régner de l'animation et de l'entrain. — On entend dans le lointain et par intermittences une musique dansante.

SCÈNE I.

Divers Masques et Dominos, une Pierrette, un Monsieur en habit noir avec un faux nez de forme pointue.

LA PIERRETTE, au Monsieur.

Tiens, toi, Socrate, ici ! Mais qu'y viens-tu donc faire ?

LE MONSIEUR, sépulcralement.

Je réfléchis, je vois, et porte un œil sévère
Sur tous ces tourbillons !

LA PIERRETTE.

Quand on est de vertu
Et d'un grand habit noir ainsi que toi vêtu,
Qu'on a ton nez, mon cher, on suit au cimetière,
Elégiaquement, et le soir, une bière;
On ne vient pas ici !

LE MONSIEUR.

Pourquoi pas ?

LA PIERRETTE.

Non; le bal,
A ton cœur, cher Caton, pourrait être fatal;
Tu pourrais y créer une histoire amoureuse,
Y perdre un pauvre cœur..., faire une malheureuse...
Si tu voulais pourtant changer de nez !... L'amour
Pourrait t'incendier et te jouer un tour !

LE MONSIEUR, gravement.

Je ne crois pas ; comment veux-tu qu'ici l'on aime ?

LA PIERRETTE.

Mais tu n'es pas galant, Pierrot à face blême,
Croquemort ! Va tantôt rejoindre en sa maison
Ta vertueuse épouse auprès de son tison ;
Donne, en père accompli, la soupe à ton mioche,
Et, melon des plus gros, mets-toi sous une cloche ;

Mais ne viens pas ici, tu fais ombre au tableau !
Tu t'amuses donc bien à faire ainsi le beau,
Pékin immaculé !... Bonsoir et bonne chance !

(Rires.)

UN ARLEQUIN, à une Marquise.

Mon amour, je t'invite à la première danse.
Aimerons-nous, ce soir, et jusques à demain,
Veux-tu pas accepter l'offrande de ma main ?

LA MARQUISE.

Non, je suis retenue.... et je soupe.

L'ARLEQUIN.

Ma belle,

Au moins, pour ton époux ne sois pas trop cruelle.
(Il étend les bras.)
Je vous bénis ! Adieu, je passerai plus tard !
(Il passe et revient.)
Apporte-moi demain la patte du homard !

(Rires.)

UN DOMINO NOIR, à un domino bleu.

Et ton Arthur ?

DOMINO BLEU.

Toujours !... Il a perdu son père,
Et cette mort le rend presque millionnaire.

DOMINO NOIR.

A combien t'aime-t-il ?

DOMINO BLEU.

Mais, à trois mille francs !

DOMINO NOIR.

Par mois ?

DOMINO BLEU, avec dignité feinte.

Voudrais-tu pas qu'il me fît, tous les ans,
Cadeau de mille écus ? Ce serait peu, ma chère.
Et toi, ton Paul ?

DOMINO NOIR.

Il n'est pas très-argentifère,
Mais il m'aime ! et me fait hommage de son cœur.

DOMINO BLEU.

Tout sec ?... Laisse donc là ce clerc de procureur;
Il est riche d'amour, mais bien pauvre'en finance.
Pense à ton avenir, et range-toi, Clémence !

DOMINO NOIR.

Mais je l'aime !

DOMINO BLEU.

Bravo ! ton amour sans égal
Pourra bien te conduire un jour à l'hôpital.

A ton aise; pour moi, je deviens financière,
Et je serai bientôt, je crois, actionnaire!...
Sais-tu pas qu'Henriette a fait un autre amant?

DOMINO NOIR.

Ce pauvre Léonard, hélas! qui l'aimait tant!...
Quel est donc le motif de sa déconvenue?

DOMINO BLEU.

Il roucoulait toujours!... Léonie est venue
Pour m'inviter au thé qu'elle donne demain;
Y seras-tu?

DOMINO NOIR.

Non, Paul m'amène à Saint-Germain,
Par le chemin de fer, pour dîner... tête à tête.

DOMINO BLEU.

Merci!... Va, ne crains pas de ton clerc la conquête;
Mais, au moins, viendra-t-il bientôt te joindre au bal,
En guise de souper t'offrir un madrigal?

DOMINO NOIR.

Oui, je l'attends ce soir.

DOMINO BLEU.

Adieu donc, bonne chance!

J'ai dit ce que j'ai dit : j'aime mieux la finance !
A propos, dis-moi donc ce que devient Précy ?

DOMINO NOIR.

Ton brillant Céladon ?

DOMINO BLEU,

Oui, l'amant de Melcy.

DOMINO NOIR.

Il avait tout à l'heure au bras une donzelle
Charmante, et qui paraît ne pas être cruelle.
Tiens, le voilà qui vient !

—

SCÈNE II.

Les mêmes, De Précy et sa femme, en domino rose.

DOMINO BLEU, à De Précy.

Bonsoir, beau séducteur.

(A Mme De Précy.)
Vous avez là, ma belle, au bras un gros sans cœur ;
J'avais fait avec lui marché pour trois semaines ;
Mais, avant l'échéance, il a rompu ses chaînes...
Bast ! je l'ai trop connu pour vous le disputer ;
J'abaisse devant vous pavillon sans lutter ;

Gardez-le, mon amour; bonsoir ! Je vous souhaite
Des nuits d'azur et d'or avec votre conquête.

(Rires.)

Mme DE PRÉCY, à part, amèrement.

Quel affront !

(A De Précy, modérant son émotion.)
Voulez-vous vous éloigner d'ici ?

DE PRÉCY.

Claire, n'écoutez pas ce qu'elle dit ainsi;
Je n'aime que vous seule !

Mme DE PRÉCY.

(A part.)
Oh ! je vous crois. L'infâme !

(Tendrement.)
Vous me jurez, au moins, que pas une autre femme,
Soit ici..... soit ailleurs..... Mais quel est votre nom ?
Car, je ne le sais pas !

DE PRÉCY, hésitant.

Je m'appelle..... Léon.

Mme DE PRÉCY, reprenant sa phrase.

Ne vous dira : Je t'aime !

DE PRÉCY.

Oh ! Claire, je le jure !

3·

Mᵐᵉ DE PRÉCY, à part.

Charle, en sortant d'ici, je te ferai parjure.

UN PIERROT, à Mᵐᵉ De Précy.

Masque, je te connais?

Mᵐᵉ DE PRÉCY.

Je ne crois pas.

LE PIERROT.

Ma belle,

Pourquoi n'as-tu pas mis quelqu'un en sentinelle?
Car ton amant est là, qui te guette et t'attend.

(Louis, qui a été vu avec Mᵐᵉ De Précy, rôde autour d'elle.)

Mᵐᵉ DE PRÉCY.

Tu ne me connais pas; je n'ai pas d'autre amant,
(Tendrement à De Précy.)
N'est-ce pas?

DE PRÈCY, tendrement.

Et je n'ai, moi, pas d'autre maîtresse.

Mᵐᵉ DE PRÉCY, avec finesse.

(Tendrement.)
Peut-être !... Voulez-vous m'en faire la promesse?

SCÈNE III.

Les mêmes, le Baron.

DE PRÉCY, l'apercevant, à part.

(Haut.)

Tiens, de Saint-Bris! Partons!

LE BARON, à De Précy.

Comment, toi, Charle, ici?

DE PRÉCY, bas au Baron.

Ne m'appelle donc pas Charles tout haut ainsi,
(Il lui indique le Domino rose.)
Car je ne suis pas seul!

LE BARON, bas.

Je devine..... Et ta femme?

Mme DE PRÉCY, vivement.

Quelle femme? Léon, ne me brisez pas l'âme!

DE PRÉCY.

Jalouse! Il me disait que pour venir au bal
Il avait fait défaut à son lit conjugal.

Mme DE PRÉCY.

Est-ce bien vrai?..... Tenez, ce cynisme me blesse;
Votre ami me déplaît ainsi que sa prouesse!

(Elle regarde le baron en face.)

Il vous ment, mon ami, ce monsieur est garçon,
Et je vais lui donner une bonne leçon :
Il est ingénieur au fond de la Provence,
Et, libertin ici, vit ailleurs d'abstinence.

LE BARON.

Fichtre !

Mme DE PRÉCY, au Baron.

Rappelez-vous madame de Précy,
Lui proposiez-vous pas de la conduire ici?

LE BARON.

Diable !

Mme DE PRÉCY, à demi-voix.

Il est indiscret de parler de la femme
De l'un de vos amis.

LE BARON.

Je jure sur mon âme
Que je ne connais pas la dame en question.....

Mme DE PRÉCY.

Chez laquelle pourtant une invitation
Vous appelle à dîner lundi..... Quelle impudence!
Vous perdez, cher baron, toute ma confiance,

Et je lui dirai tout, si je vois De Précy.

(Le baron fait signe de ne pas le connaître.)

Voudriez-vous encor le renier aussi?

LE BARON, à part.

La police est mieux faite à Paris qu'en Provence !
Éloignons-nous !

(Il passe.)

Mme DE PRÉCY, à De Précy.

Comment trouvez-vous ma vengeance ?

(Tendrement.)
Ce n'est pas vous, au moins, qui mentiriez ainsi ?

DE PRÉCY.

Non, certes ! Mais pourquoi vous donner du souci
A propos d'une femme inconnue à vous, Claire?
Pour ce pauvre indiscret, soyez donc moins sévère.
Dailleurs, que nous importe !... Avez-vous vu le bal?

Mme DE PRÉCY.

Non, car je n'aime pas le bruit du carnaval.

DE PRÉCY.

Pourquoi donc étiez-vous ici?

Mme DE PRÉCY.

Je dois le taire.

DE PRÉCY. ·

Quoi ! vous taire entre nous ? déjà ! Voulez-vous plaire
A votre ami d'une heure, hélas ! mais dont le cœur
Vous déclare à jamais son maître et son vainqueur !
Dites-le-lui !

Mme DE PRÉCY.

Non pas !

DE PRÉCY.

Que vous êtes cruelle !
Ne me croyez-vous pas et discret et fidèle ?

Mme DE PRÉCY, avec allusion.

Mon Dieu ! je ne dis pas... Mais bien des femmes ont
Souvent de ces secrets qui font rougir un front.

DE PRÉCY, légèrement.

Le mien ?

Mme DE PRÉCY, hésitant.

Non pas !.....

DE PRÉCY.

Alors, c'est le vôtre, charmante !
Suis-je pas votre amant, et vous ma belle amante ?
De quoi rougirions-nous ? moi, de tout mon amour ;
Vous, de m'en accorder par pitié le retour ?

Dis-je vrai, m'aimez-vous? Pour moi, ma vie entière
Est à vous pour toujours. Je vous adore, Claire !

Mme DE PRÉCY, avec profondeur.

Vous m'aimez! et pourquoi? Ce fatal sentiment
Peut-il bien vous venir en un pareil moment?
Dans ce bal, au milieu d'un tourbillon de femmes
Vendant au plus offrant et leurs corps et leurs âmes!
Phrynés de qui le cœur est bien moins occupé
D'un pur et saint amour que le corps d'un soupé !
Oui, mon front en rougit; le mépris de moi-même
M'obsède, quand j'entends le mot si pur : Je t'aime !
Prodigué si souvent et par tous répété;
Voilà donc ce plaisir si hautement vanté,
Ce bal, qui sert de tombe à la vertu des femmes,
Prétexte des époux en leurs amours infâmes !

DE PRÉCY, à part.

Tudieu ! quelle chaleur ! Aurais-je mis la main
Sur *Lucrèce* au poignard ou sur *Suzanne* au bain?
. (Haut.)
Ce serait merveilleux ! J'aime votre colère
Et vos chastes accents; mais ce qu'il faut me taire,
Ce qui vous fait rougir, serait-ce par hasard
La honte et la pudeur?

Mme DE PRÉCY.

Vous le saurez plus tard.

DE PRÉCY, à part, légèrement.

Et que m'importe, au fait !

Mme DE PRÉCY, avec contrainte.

Ecoutez.... je vous aime.....
Plus que je ne voudrais...... et ne m'aimez vous-même ;
Ici, je vous ai vu... beau, superbe, charmant,
Et de vous j'ai promis de faire mon amant.
(Avec passion et allusion.)
Je t'aime !... De mon cœur voilà tout le mystère.

DE PRÉCY, avec passion.

Oh ! répète-moi donc que tu m'aimes, ma Claire !
En ses emportements que j'aime ta pudeur ;
Elle excite mes sens, augmente leur ardeur,
M'ouvre les cieux vermeils, et me montre, d'un ange,
En toi, le port divin et l'azur sans mélange !

Mme DE PRÉCY, à part.

Quel poète !

(Ils se promènent en causant et finissent par sortir.)

SCÈNE IV.

Le Baron, un Domino blanc.

DOMINO BLANC.

Avec qui ce soir est donc Précy ?
Quel air victorieux il nous apporte ici !
A propos, cher baron, que vous disait sa belle ?

LE BARON.

C'est un ange, Satan, ou bien la fée Urgèle ;
Mais j'ignore son nom. Elle m'a dit : Ce soir
Madame de Précy vous êtes allé voir.

DOMINO BLANC.

Et c'était vrai ?

LE BARON.

Tantôt j'y passais la soirée,

DOMINO BLANC.

Il a ce soir au bras sa nouvelle adorée,
Mon ex-Charle, et sa femme étouffe de vertu ;
Que je la plains !

(Ils se promènent et causent. — Le Monsieur en habit noir passe.)

UN DÉBARDEUR à un Pierrot.

Regarde encor ce nez pointu,

Ce croquemort; il pense à ses amours rebelles
Et cherche à retrouver ici ses infidèles !
(Criant.)
Ohé !.....

LE PIERROT.

Mais tais-toi donc, laisse errer ce vieil ours;
Sommes-nous pas ici pour fêter les amours?
(Ironiquement et indiquant un Page (femme).   (Au Page.)
Vois cette rose en fleurs ! Bonsoir, ma Cidalise;
Qui donc est ton amant? Veux-tu que je te dise
Ce qu'il est?... Sens-tu pas ton cœur s'incendier?
S'il brûle, pour l'éteindre appelle ce pompier !

(Un pompier passe au fond du théâtre.) (1)

LE PAGE.

Insolent !
(Rires.)

LE DÉBARDEUR, à une Suissesse.

Voudrais-tu, pour deux sols de galette,
(Il fait signe de lui en donner.)
M'adorer, mon amour? Tiens, j'en ai fait emplette.
(A une Reine.)
Et toi, reine, as-tu mis au Mont-de-Piété,
Pour t'amuser ce soir, ton beau chapeau d'été?

(1) Fait *de visu* de l'auteur.

Ce serait mal à toi, car sa forme charmante
A de beaucoup d'amants dû te faire l'amante !

LA REINE.

Mal appris !

(Rires.)

———

SCÈNE V.

Mᵐᵉ De Précy, Louis.

Mᵐᵉ de Précy paraît chercher, et, après elle, entre son frère. — Poudre, mouches, méconnaissable.)

Mᵐᵉ DE PRÉCY, empressée.

Ah ! c'est toi ; cours vite à la maison
Pour y tout préparer ; j'ai de Charles raison,
Il est mien, et j'attends que monté du vestiaire,
Où je l'ai dépêché, nous allions chez ma mère.
Tu sais, mon bon ami, son nouveau logement ;
Charles l'ignore encore, et son étonnement
Ne pourra me trahir..... Ma mère en est absente,
Et rien ne pourra faire avorter mon attente.
Là, tête à tête, enfin, nous nous expliquerons,
Mon masque tombera ; pour punir ses affronts,

(Tendrement.)

Je lui pardonnerai !... Toi, rentre avant Camille,
Ordonne les apprêts du souper de famille
Qui nous réunira tous les quatre en sortant;
J'aurai bientôt chez moi tous ceux que j'aime tant !

(Elle voit arriver De Précy.)

Charles vient, le voici... pars, et surtout silence !

(Louis sort; De Précy entre et l'a vu parler avec Mme De Précy ;
il a sur le bras un manteau et une pelisse.)

SCENE VI.

Mme De Précy, De Précy.

DE PRÉCY, avec froideur.

Quel est donc ce monsieur qui, durant mon absence,
Vous parlait?

Mme DE PRÉCY, résolûment.

Un ami !

DE PRÉCY, suppliant.

Claire, pourquoi mentir?
Dis-moi qui, je le veux !... Vois-tu mon front rougir
Quand je te dis : Je t'aime? Et *jamais* une femme
M'a-t-elle plus que toi transmis plus vive flamme ?

Mme DE PRÉCY, soulignant.

Jamais? Le mot est large; en parlant des amours
Vous savez ce qu'on dit : ni *jamais* ni *toujours !*

DE PRÉCY.

Claire, pour toi *toujours*, et *jamais* pour une autre.
Dis, quel est ce monsieur?

Mme DE PRÉCY.

C'est un ami, le vôtre,
Peut-être; mais d'ailleurs, plus tard vous le verrez,
Vous lui tendrez la main et vous l'embrasserez.

DE PRÉCY.

Donc, vous n'étiez pas seule au bal?

Mme DE PRÉCY.

Non !

DE PRÉCY.

Quel mystère
Assombrit nos amours à leurs débuts, ma Claire?

Mme DE PRÉCY.

Vous saurez tout, venez, suivez-moi !

DE PRÉCY.

Mais, où donc?

Mme DE PRÉCY, avec explosion.

Votre amour, dans ce lieu, demandera pardon.

(Ils sortent.)

FIN DU PREMIER TABLEAU.

DEUXIÈME TABLEAU.

(Le théâtre représente un petit salon simplement meublé et non éclairé à l'arrivée de M. et Mme de Précy (masquée et en domino). Cette dernière allume une bougie et la place sur un guéridon. Elle pousse le verrou de la porte. — Pendant ce temps, De Précy se trouve sur le devant du théâtre et paraît ennuyé de l'obscurité qui règne dans le salon.)

SCÈNE UNIQUE.

Mme De Précy, De Précy.

DE PRÉCY, à sa femme.

(Criant à la cantonnade.)
Sommes-nous arrivés? Garçon, de la lumière!
(A sa femme.)
Sans doute vous comptez sur la lune, ma chère?
(Pensif et sur le devant du théâtre, à part.)
Votre amour, dans ce lieu, demandera pardon,
M'a-t-elle dit.

(Le théâtre s'éclaire.)

Mme DE PRÉCY. poliment.

Monsieur, mais asseyez-vous donc ;
Je vais vous raconter une histoire poignante !

DE PRÉCY, étonné.

Et notre amour ?

Mme DE PRÉCY.

Plus tard..... Suis-je pas votre amante
Et pour *toujours* ? Léon, c'est vous qui l'avez dit.

DE PRÉCY, à part.

De ces tristes amours quel incident maudit !

Mme DE PRÉCY, sérieuse.

Écoutez jusqu'au bout, Monsieur, cette infamie !
J'avais alors vingt ans..... A mon cœur une amie
Était chère ; un époux la suivit à l'autel
Et lui prêta serment d'un amour éternel.....

DE PRÉCY, l'interrompant.

Quel est son nom ?

Mme DE PRÉCY.

Pourquoi ?

DE PRÉCY.

Charmante! votre histoire
Se gravera bien mieux par lui dans ma mémoire.
Comment la nommez-vous?

Mme DE PRÉCY.

C'est juste; eh bien, Emma.

DE PRÉCY.

Tiens, c'est un joli nom que vous me dites là.

Mme DE PRÉCY.

Vous trouvez? — Je poursuis : Elle était adorée
Par sa mère; son père était mort à Gorée,
Et laissait à sa veuve, en mourant, un trésor
Autrement précieux que tout l'éclat de l'or.....

DE PRÉCY, l'interrompant.

Pardon..... Mais déposez, ma Claire, votre masque!

Mme DE PRÉCY, avec ironie.

Non; ne trouvez-vous pas qu'il est bien plus fantasque
Et plus piquant d'avoir un masque sur les yeux
Pour vous narrer mon conte? Attendez, amoureux,
Je l'ôterai plus tard.

DE PRÉCY, à part.

Quelle bizarre amante.

Mme DE PRÉCY, continuant.

Je continue. Emma était bonne, charmante,
Son mari l'adorait.....

DE PRÉCY, l'interrompant.

Son nom?

Mme DE PRÉCY, impatientée.

Encor !

DE PRÉCY.

Grands dieux !
Ne vous ai-je pas dit que je vous comprends mieux
Alors que je connais vos divers personnages ?

Mme DE PRÉCY, sèchement.

Eh bien ! Charles ! — au moins dès les premières pages
Ne me mettez donc plus la mémoire en défaut;
Car je prends, voyez-vous, les choses d'un peu haut. —
(Reprenant.)
Son mari l'adorait; une couronne d'ange
Brillait au front d'Emma qu'un amour sans mélange
Etoilait de rayons; un amer souvenir
Semblait ne pas devoir troubler son avenir.

4

Son hymen ne fut pas couronné : la nature

(Intonation un peu lyrique.)

La priva d'un enfant, pure et chaste parure,
Consolateur divin qui par deux bras porté
Convertit une femme en une déité ;
Elle n'éprouva pas cet amour d'une mère
Pour son enfant chéri ; ce sentiment austère,
Pur, confiant, candide, azuré, triomphant,
Qu'une femme prodigue en baisant son enfant,
Le soir elle n'eut pas à faire la prière,
A dire à son trésor : « Pour ton père et ta mère,
» Mon ange ! lève donc tes mains, tes si doux yeux !
» Et qu'un rayon béni tombe sur toi des cieux. »
Emma ne fut pas mère, hélas ! mais comme épouse
Toute femme eût été de son bonheur jalouse ;
Et, vide d'un côté, son cœur se complétait
Du profond sentiment que Charles lui portait.....

(Souligné.)

Charles était son nom, je vous l'ai dit.

DE PRÉCY.

Ma belle,

Quel ténébreux début votre histoire recèle !
La poursuivrez-vous donc triste et sombre ?

Mme DE PRÉCY, avec sentiment.

Toujours !

Quel rayon pourrait donc éclairer ces amours ?

Mais, Léon, laissez-moi poursuivre mon histoire,
Vos interruptions me troublent la mémoire.

DE PRÉCY, impatienté.

Mais, Claire, mon amour !

Mme DE PRÉCY, indignée.

　　　　　　　Oh ! comment pouvez-vous,
Quand je vous dis : *amer,* me répondre par : *doux ?*
(Reprenant.)
Charles l'adorait donc et colorait sa vie
D'un bonheur pur, égal, à provoquer l'envie ;
Il était généreux, bon mari, presque amant,
Et l'aimait... à guérir l'absence d'un enfant.
Emma, par son amour, répondait à sa flamme ;
Elle l'aimait aussi, tendrement, et son âme,
Pur flambeau que le ciel en elle avait placé,
La guida constamment vers un devoir tracé.

DE PRÉCY, à part.

Où veut-elle en venir ?

Mme DE PRÉCY, avec exaltation.

　　　　　　　　Du bonheur la durée
Est quelquefois, hélas ! tristement mesurée ;
On croit le posséder, mais d'un souffle jaloux
Le temps n'épargne rien ; les amours les plus doux

Sont changés en froideur, en haine ! L'âme vide,
Vallon qui verdoyait, n'est qu'une terre aride.
Tel fut celui d'Emma !.....

(Elle s'arrête et rêve.)

DE PRÉCY, à part.

                Quelle emphase, mon Dieu !
Mais n'ai-je pas parlé d'anges et de ciel bleu ?
Ma foi, je me résigne, elle prend sa revanche ;
A propos de *pathos*, nous sommes manche à manche.
(Réfléchissant.)
Charle !... Emma !. . ces deux noms !...

Mme DE PRÉCY, sortant de sa rêverie.

                Il lui manqua toujours
Le pur lien des cœurs, un enfant, le secours
D'un père qui s'égare, et qui, presque adultère,
S'arrête, retenu par son fils ; d'une mère
Qui, prête à succomber à la tentation,
Trouve dans un berceau la sûre caution
De sa vertu, rempart qui lui protége l'âme
Et la met à l'abri de tout penser infâme !

DE PRÉCY, à part.

Suis-je donc au sermon ?

Mme DE PRÉCY, continuant.

Charle eut le premier tort ;
Emma ne voulut pas, en se vengeant du sort,
Prouver à son époux que, pour être adorée
Par un autre, le ciel l'avait trop bien parée ;
Elle gémit, souffrit, se plaignit rarement ;
Son âme épancha peu son éternel tourment,
Et, toujours bonne et douce, elle ne sut que taire
Sa poignante douleur à tous..... même à sa mère !

(Animation croissante des deux personnages jusqu'au
moment où Emma ôte son masque.)

Les jours fuyaient pourtant ; son mari la laissait
Seule ; il avait toujours, pour le temps qu'il passait
Hors de chez lui, la lèvre ouverte pour l'excuse,
Et souvent le mensonge indignait sa recluse ;
Son cœur l'aimait encor, peut-être, mais son corps
A d'autres se donnait ; était-ce sans remords ?
Et son Emma pleurait, et gardait en silence
De ses serments prêtés la chaste souvenance !
Lasse, enfin, elle apprit que le soir même un bal
Avait lieu... (mon roman se passe en carnaval).
Pour y trouver son Charle, elle y courut ardente,
Furieuse et jalouse ; à la foule insolente
Sa bouche répondit ; elle avait sur son front
Mis un masque ; elle avait, méprisant tout affront,

4*

Cherché, trouvé, séduit, séduit !.... son infidèle !
Son frère était au bal , un œil veillait sur elle
Et la suivait de loin ; *Léon ,* son beau vainqueur,
Ardent, lui prodiguait les aveux de son cœur,
Lui disait que toujours elle lui serait chère ;
Jamais pour toute femme, et *toujours* pour toi, Claire,
Lui disait-il.

(Charles se précipite aux pieds de sa femme. — Emma ôte
son masque. — Larmes.)

DE PRÉCY, avec passion.

          Emma !... ne me dis plus ce nom !...
A tes genoux, hélas ! j'implore mon pardon ;
Cet amour, que ma bouche en te disant : Je t'aime !
Te prodiguait, croyant que tu n'étais toi-même,
Je te le rends ; ce front, que j'ai d'un noir chagrin
Si souvent contristé , doit rayonner, enfin ;
Et mon cœur te promet, et purs, et sans mélange,
Les délices du ciel et le bonheur d'un ange,
A tes pieds, mon Emma !

Mme DE PRÉCY, avec dignité.

          Charles, relève-toi ;
Je t'ai trompé ce soir ; oh ! pardonne-le-moi !
J'ai voulu te prouver qu'épouse délaissée,
J'avais au moins le droit de paraître offensée ;

J'ai voulu regagner ton amour et ta foi,
Te rendre, ô mon ami! toujours digne de moi.
Malgré tous tes mépris, ton Emma t'aime encore;
Oh! tiens-lui tes serments; tout ce qu'elle déplore
Elle l'oublie, et croit que désormais ton cœur,
Que rien n'égarera, lui rendra le bonheur.
Ne la fais pas mentir.

DE PRÉCY, plus calme.

Va, ne crains rien, mon ange,
Ta main m'a retiré de cette ignoble fange,
Et m'a fait de mon ciel reconquérir l'azur.
Emma, je te promets un amour toujours pur;
Tes genoux me verront te demander sans cesse
Pardon pour mon erreur, pardon pour ma faiblesse,
Et peut-être ton cœur, sentant mon repentir,
Voudra bien repousser tout amer souvenir!

Mme DE PRÉCY, radieuse.

O mon Charles, merci! je crois à ta parole,
Tu m'es enfin rendu; d'une pure auréole
Nos cœurs pourront encore avoir le divin feu.
(Avec extase.)
Je te rends grâce, ô Ciel! Merci, merci, mon Dieu!

(Plus calme, avec empressement.)   (A Charles, qui pleure.)

Mais, partons, le temps presse. Oh! cache donc tes larmes !

Pour ton amour, vois-tu, moi je n'ai plus d'alarmes.

Fuyons; car de son bal Camille va rentrer,
(Elle montre son domino.)
Et je ne voudrais pas ainsi la rencontrer.
(Se ravisant.)
Mais je puis tout laisser ici; chez notre mère

Nous sommes, mon ami; demain matin mon frère

Pourra venir chercher tout cet accoutrement.

Car cet ami du bal, qui faisait ton tourment,

C'était Louis, c'était mon frère !

DE PRÉCY, avec passion.

A toi ma vie

Et le culte éternel de mon âme ravie !....

Mme DE PRÉCY, empressée.

Mais suis-moi, l'heure passe, et j'ai donné chez nous,

Pour nous y réunir, à Louis, rendez-vous;

Il nous attend. Par lui, d'une table servie

Nous trouverons l'apprêt; et là, dignes d'envie,

Tous quatre, radieux, nous obtiendrons du Ciel

Qu'il nous fasse, ô mon Charle ! un bonheur éternel.

Mon frère aime Camille, il est aimé par elle;

Charles, veux-tu qu'Hymen, les couvrant de son aile,

Leur donne le bonheur; le veux-tu ?

DE PRÉCY, radieux.

Mon trésor !
Ta main, d'un métal vil, fait aujourd'hui de l'or !

FIN DU DEUXIÈME ET DERNIER ACTE

ENTRE MARI ET FEMME,

BLUETTE EN UN ACTE ET EN VERS,

Représentée sur le théâtre de Clermont-Ferrand, le 12 janvier 1860.

ENTRE MARI ET FEMME,

BLUETTE EN UN ACTE ET EN VERS.

———

PERSONNAGES.	ACTEURS.
Adrien BONAVENTURE, courtier en marchandises (40 ans)...............................	M. Gustave.
Julie BONAVENTURE, sa femme (33 ans).....	Mme Bachimond.
Paul MONDÉTOUR, ami d'Adrien (35 ans).....	M. Négret.
Agnès DESGRASSIN, rentière, amie de Julie (45 ans)...............................	Mlle Augustine.
Antony BONAVENTURE, neveu d'Adrien (29 ans).	M. Chevallier.

La scène se passe à Clermont-Ferrand.

———

ENTRE MARI ET FEMME.

Le théâtre représente un salon. A gauche, une cheminée sans feu ; à côté, un bureau couvert de registres et de cartons à papiers d'affaires ; en face, une porte principale ; à droite, une petite porte avec l'inscription : *Sortie ;* à gauche, une porte conduisant à la chambre à coucher de Julie Bonaventure.

SCÈNE I.

Adrien, Mondétour.

(Adrien est devant son bureau, où il travaille. — Robe de chambre, bonnet grec. — Mondétour entre par la porte de droite, celle où est le mot : *Sortie.*)

ADRIEN, surpris par l'arrivée du dernier.

Ah ! c'est toi, mon ami ! pour t'avoir dérangé
Reçois tous mes pardons !... Je suis le plus âgé,
J'ai donc usé d'un droit.

MONDÉTOUR, lui serrant la main.

Mon Adrien, je t'aime !
Et te serrer la main m'est un plaisir extrême ;
Aussi bien je venais quand *François* est entré ;
Pour ma visite, ami, j'étais tout préparé.....
Comment va ta Julie ?

ADRIEN, tristesse feinte.

Elle va bien !

MONDÉTOUR.

Et George ?

ADRIEN.

Il a toujours un peu ce maudit mal de gorge ;
Mais, en somme, il va mieux, et le docteur *Leclerc*
Peut enfin, grâce au Ciel, y voir un peu plus clair.

MONDÉTOUR.

J'ai reçu de Paris une bien bonne lettre !
Mon affaire commence à marcher, et peut-être
Avant huit jours elle se conclura.

ADRIEN.

Très-bien !
Jamais mon amitié ne te faussera rien ;
Si pour la terminer je te suis nécessaire,
Compte sur mon concours, pour toi je veux tout faire.

MONDÉTOUR.

Merci ! sans être aidé, je crois, j'arriverai ;
Mon ami, de tes vœux je me contenterai.
Mais tu m'as fait venir chez toi, dis-m'en la cause ?

ADRIEN.

Pour un petit conseil.

MONDÉTOUR.

Je te vois tout morose ;
Aurais-tu, par hasard, quelque chagrin secret ?
Mon cœur est, tu le sais, à le guérir tout prêt.

(Ils s'asseoient.)

ADRIEN, avec mystère.

Tu connaissais ma femme, est-ce pas ? douce, bonne,
Tolérante pour tous, ayant une couronne
D'où rayonnaient sur moi le bonheur et l'amour ?

MONDÉTOUR.

Oui, certes !

ADRIEN.

Mon ami, tout a fui sans retour !...
Sa douceur d'autrefois n'est plus ; sa patience
Est un volcan tout prêt ; quant à sa tolérance,
Je n'en parlerai pas tout haut !

(Il lui parle à l'oreille.)

MONDÉTOUR.

> Allons ! vraiment ?

ADRIEN.

A la lettre !

MONDÉTOUR.

> Mon cher, je conçois ton tourment,
> Car tu chéris ta femme, et voudrais voir en elle
> Un sentiment pareil.

ADRIEN.

> Hier, une querelle
> Hors de propos m'a fait déserter la maison ;
> Il m'a fallu rentrer pourtant ; mais le tison,
> Reste de l'incendie allumé dans sa tête,
> N'était pas tout à fait éteint ; de la tempête
> Autour de moi grondait encore la fureur.
> Je n'ai rien dit. Eh bien, à sa mauvaise humeur
> Mon silence servait d'aliment ; ma pensée,
> A défaut de ma lèvre en silence baissée,
> Lui mettait à l'esprit cent suppositions.
> Muet, je préparais d'impures actions,
> Je pensais à donner à la foi conjugale
> Un accroc ; ma sortie à l'heure matinale
> N'était, pour la trahir, qu'une infâme raison ;
> Je la trompais toujours, j'étais de trahison

Imprégné, ruisselant!... Et voulant sur les joues
La calmer d'un baiser : « Oh! de moi tu te joues! »
Disait-elle en fureur; et, bannissant tout frein,
Sur moi je la voyais presque lever la main!

MONDÉTOUR.

Mais que me dis-tu là?

ADRIEN.

C'est la vérité pure !

Voilà bientôt un an qu'en silence j'endure
Tous les emportements de ma femme aux abois;
De l'hymen j'en suis presque à maudire les lois.
Mais, au fait, connais-tu certaine demoiselle
Desgrassin? Mon ami, c'est ainsi qu'on l'appelle,
Et jamais contre-sens ne fut mieux appliqué;
Car elle est sèche, maigre, a le corps efflanqué;
Et son cœur, qui se trouve au niveau de son toise,
A tout bon sentiment peut donner une entorse;
Sa langue de vipère, enduite d'un faux miel,
Inspire à ma Julie et la haine et le fiel,
Lui donne des détails sur la casuistique;
Par elle au moindre fait le mot *péché* s'applique,
Ef son œil voit partout le mal !

MONDÉTOUR.

Que je te plains !

Sais-tu ce que j'ai fait de cette Desgrassins

Que je connaissais trop, hélas ! Un jour, pour elle
J'ai défendu mon toit, sous menace formelle,
Si je l'y revoyais, de joindre l'action
Et de lui bien prouver ma démonstration !
Elle venait aussi chez moi poser en maître,
Tout régenter, de tout et causer et connaître,
Mettre la main partout !... Je pris un beau matin
Ma résolution, et, mon bâton en main,
Je la chassai ! Depuis, mon Hortense est charmante,
Bonne, bien plus qu'avant, gracieuse, avenante,
Pleine d'attentions, et je vois son amour
Pour moi, son rédempteur, augmenter chaque jour.
Agis ainsi, mon cher, parle très-ferme ; ensuite
Prends-moi donc le balai qui doit la mettre en fuite.

ADRIEN.

Ton conseil vigoureux est bon, mais malaisé
A suivre ; car je suis, mon cher, *grassinisé !*
Non pas moi, mais ma femme ; et cet autre moi-même
Pourrait bien, me voyant prendre un moyen extrême,
Contre moi se porter à tel acte de fait
Que je ne dirai pas..... Mais je forme un projet !

MONDÉTOUR.

Quel est-il ?

ADRIEN.

Tu le sais, quand une citadelle
Est pour les assiégeants d'humeur par trop rebelle,
Quand de nombreux canons sur eux toujours braqués
Semblent leur dire : Gare ! et, toujours embusqués,
Quand d'épais bataillons couronnent sa muraille,
Il serait dangereux d'affronter la mitraille
En l'attaquant de front. Un ennemi prudent,
Sans coup férir, alors, tourne le monument
D'où lui viendrait la mort ; il prépare une mine,
Se fait petit, petit, courbe bien bas l'échine,
Marche sans aucun bruit, doucement, lentement.....
L'assiégé, de sa force, hélas ! trop présumant,
Ne se doute de rien ; il désarme la place,
Où l'assiégeant vainqueur un beau jour le remplace.
Je veux agir ainsi. Contre la Desgrassin
Et ma femme, mon Paul, j'ai formé le dessein
D'attendre, de pousser sourdement mon armée,
De bannir tout éclat ; de ma bouche fermée
Ne sortira jamais que le simple mot : Bien !
A ses vexations je ne répondrai rien ;
Je la suivrai partout ; tous les jours ma présence
A ses côtés pourra lui prouver ma constance.
Pour aller prendre l'air je ne sortirai pas,
Julie aura toujours mon ombre sous ses pas.

Je prendrai l'air béat, confit ; à Joséphine
Je donnerai souvent des conseils de cuisine ;
Je discuterai bœuf; à son veau mal rôti
Ma critique fera le plus mauvais parti.
Je suivrai tous les jours mon épouse à la messe ;
Je prendrai, pour celui qui souvent la confesse,
Des pâtes d'abricot, de guimauve, de jus
De réglisse ; et mon front, quand le nom de Jésus
Sera dit devant moi, s'inclinera; pour elle,
Mes mains, à son chevet, placeront une écuelle
Où, brûlant, fumera le tilleul ou le thé.
Tous les matins, par moi lui sera présenté
Un *pieux* chauffe-pied ; j'en couvrirai la braise
D'une cendre échauffée. Enfin, pour la punaise,
Qui durant son sommeil la tracasse souvent,
Je mettrai mon habit bas et flamberge au vent,
Et je l'écraserai..... moi-même, afin de faire
Qu'elle puisse esquiver le péché de colère !
Je veux la fatiguer, faire bel et si bien,
Qu'elle me dise un jour : Mais sors donc, Adrien !

MONDÉTOUR.

Bravo ! de ton projet j'approuve la sagesse,
Et ta femme bientôt te rendra sa tendresse.....

(Durant cette scène, on a sonné plusieurs fois à la porte
du fond. — On sonne encore.)

Mais on sonne ; je sors !

(Il sort à droite.)

DESGRASSIN.

C'était moi..... J'entendais des messieurs marmotter,
Mais pas un ne venait pour m'ouvrir votre porte !

JULIE, à Adrien.

Comment donc pouvez-vous agir de cette sorte ?
(A Desgrassin.)
Un bon feu guérira votre engourdissement.

DESGRASSIN, regardant la cheminée sans feu et frissonnant.

Dans ce bureau ?

JULIE.

Non pas, dans mon appartement.
(Aigrement.)
Quoique pourtant ici le feu toujours s'allume,
Quand monsieur... ne suit pas de sortir sa coutume !

DESGRASSIN.

Mais qui causait donc tant avec votre Adrien ?

ADRIEN.

C'était Paul Mondétour ; vous le connaissez bien.

DESGRASSIN.

(A Julie.)
Hélas ! et beaucoup trop. Garez-l'en donc, ma chère !
Il est impie et faux ; du bon Dieu la colère

Pourrait tomber sur vous s'il devait persister
(A Adrien.)
A le voir. Quoi ! Monsieur, vous pouvez le hanter
(A Julie.)
Cet affreux Mondétour ; il accable sa femme
De mille maux. Tenez, figurez-vous, Madame,
Que je l'ai vu souvent.....

ADRIEN, l'interrompant.

Allons donc !

DESGRASSIN.

Entre nous,
Il vous ferait rougir ; il a l'air d'être doux,
Affectueux, poli ; mais au fond ce qu'il pense
Est à faire frémir ! Il trompe son Hortense,
La laisse tous les soirs pour aller au café,
Courir..... on ne sait où ; c'est un manant fieffé,
Sans nulle attention, un mari pitoyable
Dont la société doit être détestable !
(Adrien a voulu souvent prendre la défense de Mondétour ;
mais la volubilité de Desgrassin l'en a empêché.)

JULIE, à son mari.

Mais nous gelons ici ; courez donc nous chercher
Du bois, le feu s'éteint dans ma chambre à coucher.
(Adrien sort par la porte du fond et est censé aller prendre
du bois pour l'apporter dans la chambre de sa femme.)

SCÈNE IV.

Julie, Desgrassin.

DESGRASSIN, bas.

Et pour Berthe..... Adrien a-t-il toujours en tête
Son avocat ?

JULIE.

Hélas ! oui, toujours il s'entête ;
Mais je persisterai !

DESGRASSIN.

Vous ferez, ma foi, bien !
Votre époux a besoin de sentir son lien ;
Il s'insurge souvent !...

(Adrien rentre par la porte de la chambre de sa femme.)
Mais le voici !

————

SCÈNE V.

Les mêmes, Adrien.

DESGRASSIN, comme continuant une conversation.

Ma chère,
Je vous le dis encor : Madame votre mère,
Avant que de mourir, me disait : « Mon Agnès !
» Pour mon enfant soyez une mère ! veillez

» Sur elle, entourez-la d'avis ; le mariage

» Est souvent bien fatal ! Sur un époux volage.....

(A Adrien.)

Et ce n'est pas pour vous que je parle, Monsieur !

» L'amour pourrait conduire et lui perdre le cœur ! »

ADRIEN, à part.

Comme elle cache bien sa langue de vipère !

DESGRASSIN, continuant.

« Dirigez-la, protégez-la, soyez sa mère !.... »

JULIE, à son mari.

Le feu va-t-il ?

ADRIEN.

Très-bien !

JULIE, à Desgrassin.

Dans ma chambre à coucher

Venez, nous causerons... Viendra-t-on vous chercher ?

DESGRASSIN.

Non ; mais sur votre époux je compte, et dans une heure

(Tristement comique.)

Je prendrai le chemin de ma triste demeure !

JULIE, à son mari.

Vous entendez ! d'ici ne vous éloignez pas.

ADRIEN, ironiquement.

Mon Dieu ! l'accompagner a pour moi tant d'appas !

(Julie et Desgrassin entrent dans la chambre à coucher.)

SCÈNE VI.

Adrien, Antony (Ce dernier présente la tête à l'entrebâillement de la porte de droite ; et, voyant Adrien seul, il entre.)

ANTONY, bas.

Bonsoir ! mon Adrien.

ADRIEN.

Bonsoir !

ANTONY.

Comment va Berthe ?
Comment donc a fini d'hier ta chaude alerte ?
Car je sais que pour moi ma tante t'a grondé ;
Dis-moi si bien longtemps encore elle a boudé ?

ADRIEN, bas.

Chut ! car ta tante est là !... Berthe va bien et t'aime !

ANTONY.

Lui parles-tu toujours de mon amour extrême ?

Oncle, puis-je espérer?... A propos, mais tu sais
Qu'hier, au tribunal, j'ai gagné mon procès?
Je l'ai plaidé devant un nombreux auditoire ;
Autour de moi chacun acclamait ma victoire !
Va, je serai bientôt substitut ; cet honneur
Me flatte peu la tête et me va droit au cœur.
Si j'aspire au parquet, oh ! ce n'est que pour elle !
Oncle ! puis-je espérer ? D'une bonne nouvelle
Peux-tu pas consoler mon amoureux ennui ?

ADRIEN, bas.

Je ne puis, mon garçon, rien te dire aujourd'hui ;
Reviens demain matin.... Ta tante est là qui cause
Avec la Desgrassin d'une importante chose,
Et je ne pourrais pas avoir assez de temps
Pour tout te dire... Adieu !... viens plus tard, je t'attends !
Tiens, la voici !

(Julie et Desgrassin rentrent à droite ; Adrien se met à son bureau
et feint de ne les avoir pas vues rentrer.)

SCÈNE VII.

Adrien, Julie, Desgrassin.

DESGRASSIN, continuant une conversation.

J'ai dit ce que j'ai dit, ma chère !
Votre Antony fait plus l'école buissonnière

Qu'il n'est au tribunal ; sur son compte on m'a dit
Des choses !.... Je viendrai vous les dire mardi.

JULIE, à Adrien, qui est à son bureau.

Adrien, l'on t'attend !

ADRIEN, empressé.

J'y suis !
(Il ôte sa robe de chambre et passe une redingote.)
Mademoiselle !

Acceptez donc mon bras.

JULIE, à Desgrassin.

Au revoir, toute belle !

Je vous attends bientôt, rappelez-vous-le bien ;
A mardi !....

(Adrien et Desgrassin sortent par la porte du fond.)

SCÈNE VIII.

JULIE, seule.

Je vaincrai les raisons d'Adrien !

Ce... monsieur Antony vouloir épouser Berthe !
S'il me le dit encor, d'une façon très-verte
Je lui dirai son fait, et sans plus de pitié
Lui défendrai, chez moi, de mettre encor le pié.

C'est un mauvais sujet qui ne voudra rien faire,
Et ses façons d'agir sont très-loin de me plaire !
Desgrassin m'a tout dit. A nous deux, Adrien !
Quoique douce, vois-tu, je résisterai bien !
Un petit avocat, mon Dieu, la belle affaire !
Si, du moins, il était substitut ! Mais que faire
D'un tout mince avocat ? Berthe a d'ailleurs en dot
Soixante mille francs ; ce chiffre n'est pas sot,
Et pourra bien, plus tard, la faire conseillère.
Hélas ! je l'ai promis autrefois à sa mère !

SCÈNE IX.

Julie, Adrien, qui rentre.

JULIE, ironiquement.

Quoi, vous ici, déjà ! Je vous croyais dehors
Pour toute la soirée, et pensais, quand je dors,
M'entendre déranger pour vous ouvrir la porte !

ADRIEN, doucereux.

Ma femme, pourquoi donc me parler de la sorte ?
Pour une seule fois ! Encor, tu savais bien
D'où je venais, ma *mie !*

JULIE.

Oh ! silence, Adrien !

Évitez, pour cela, de m'échauffer l'oreille;

Vous mentez et donnez des raisons à merveille.

Quant à vous, et quant à votre neveu maudit,

J'ai, grâce au Ciel, Monsieur, quelqu'un qui m'a tout dit.

ADRIEN.

Pardieu, *ta* Desgrassin?

JULIE.

Ma Desgrassin? peut-être.

Mais soyez donc, Monsieur, ce que vous devriez être

(Geste d'impatience d'Adrien.)

Pour celle que ma mère..... Allons, Monsieur, holà!

ADRIEN, l'interrompant.

Ne me parlez donc plus de cette femme-là!

Brisons!...

JULIE.

Mais pourquoi donc voulez-vous que je brise,

Monsieur? Et brisez-vous en parlant à Louise?

Cette Louise, horreur! Vous êtes vicieux,

Vous êtes perverti!... pourtant en vertueux

Vous vous posez!

ADRIEN.

Là! là! laisse-moi donc te dire!

JULIE , furieuse.

Taisez-vous!... Des maris n'êtes-vous pas le pire?
Ne violez-vous pas vos serments de l'autel ?
Tenez, j'entends parler de vous par tel et tel ;
Et tout dernièrement deux lettres anonymes
M'ont dit de votre cœur les exploits trop intimes.

ADRIEN , la prenant par la taille.

Mais, calme-toi, *Bibiche !*

JULIE , le repoussant.

Oh ! Monsieur, laissez-moi !
Vous avez des serments mis sous vos pieds la foi;
Vous me trompez m'avez trompée et, grand volage,
Comme un vil marchepied, traité le mariage !

ADRIEN , suppliant.

Mais, écoute-moi donc ! Je ne sortirai pas,
Désormais, sans te faire accompagner mes pas ;
(Réfléchissant.)
Je serai toujours là..... Veux-tu que j'examine
Si le pot-au-feu bout?... Hier, ta Joséphine
Avait peu surveillé sa savante cuisson !...
Combien elle sait peu préparer le poisson !
Je m'en occuperai..... J'ai, pour ta chaufferette,
(Julie fait des gestes d'impatience qui diminuent
peu à peu jusqu'au mot : *un roman.*)
Mis au feu *trois* charbons; veux-tu que je l'apprête

Et te l'offre, mon *cœur,* pour tes pieds si jolis?
Avant de nous coucher, vérifions nos lits,
Pour tuer l'indiscret qui, de la nuit dernière,
T'a, ma femme, empêché de clore la paupière?...
Je ne sortirai pas, et nous lirons ce soir,
Si tu le veux aussi, *le Lutin du manoir.....*
Un superbe roman !

JULIE, un peu vaincue.

Un roman ! c'est bien leste ;
Adrien, vous devriez être un peu plus modeste
Et faire un meilleur choix de livres !

ADRIEN.

Eh bien, non !
Pas de roman ; *m'amour,* nous lirons *Massillon,*
Bridaine, Bossuet, les Pères de l'Église ;
Tu ne trouveras là rien qui te scandalise.
Puis, de nos bons voisins personne ne venant,
Nous nous mettrons au lit à neuf heures sonnant.

JULIE, à part.

Est-ce bien lui ?

ADRIEN.

Demain est un grand jour de fête,
A l'église, mon *cœur,* nous irons tête à tête ;

Nous rentrerons dîner, et puis pour le sermon
Je t'offrirai le bras..... A propos, que dit-on
De ce dominicain qui prêche le carême ?
De l'écouter souvent mon désir est extrême,
D'en profiter, surtout !

JULIE, à part.

Où veut-il en venir ?

ADRIEN.

Si lundi je ne vois rien pour moi survenir,
A moins d'occasion sérieuse et pressante,
Je ne sortirai pas... Vois-tu, rien ne me tente
De m'éloigner de toi !... J'attendrai là mardi
Mes clients ; ils viendront s'ils veulent mercredi.
Ensemble nous irons faire quelques visites ;
Car tu le sais, mon *chou !* nous ne sommes pas quittes
Envers tous nos amis de ce pieux devoir.
Jeudi !... Que pourrions-nous bien faire jeudi soir ?
Ah ! nous irons tenter, au loto, la fortune,
A deux sols le carton, chez l'ami *Croqueprune.*
Mais vendredi !... Ma foi, nous resterons chez nous.
Et samedi !... Toujours !... Oh ! qu'il nous sera doux
D'attendre, entre quatre yeux, le saint jour du dimanche !
(A part.)
Je te jure, *m'amour,* de prendre ma revanche.

JULIE, vaincue.

Et tu feras ainsi la semaine durant ?
Toujours ! toujours !

ADRIEN, avec enthousiasme comique.

Je veux redevenir amant,
T'aimer... de près, mirer dans tes yeux ma prunelle,
Et te prouver, mon *rat,* que je te suis fidèle,
Même de l'œil !...

JULIE, presque tendre.

Tu vas, je le trouve, un peu loin.
Toujours ! Mais, mon ami, n'as-tu pas d'autre soin,
Tes clients à revoir, tes règlements à faire ?
M'aimer, mon gros *loulou,* n'est pas ta seule affaire.

ADRIEN.

C'est juste ! faisons donc un pacte, veux-tu bien ?
Quand je devrai sortir, dis-moi : Sors, Adrien !
(Amoureusement comique.)
Et je te quitterai silencieux et morne
En te laissant mon cœur !...

JULIE.

J'accepte cette borne
A tes désirs d'époux, d'amant. Mon Adrien !
L'amour, s'il n'est pas libre, est un triste lien !

ADRIEN, radieux.

(On entend sonner.)

Ma Julie adorée, oh! que je t'aime!..... On sonne !
A cette heure, pourtant, tu n'attendais personne.....
A moins que ce ne soit ta sainte Desgrassin !
(Criant.)
Qui sonne ?

ANTONY, dehors.

Un substitut! de Berthe le cousin !

ADRIEN.

Antony !

JULIE.

Substitut !

ANTONY.

Ouvre, je t'en supplie.
(Adrien ouvre la porte du fond.)

SCÈNE X.

Les mêmes, Antony, qui entre radieux.

ANTONY.

Substitut ! substitut ! oui, ma tante Julie !
Mon oncle, substitut ! je te le disais bien.
Oh ! que je suis content, mon bon oncle Adrien !

6

Je l'apprends à l'instant ; voilà du ministère
La lettre, et je te l'offre, ô ma Berthe si chère !
J'aurais bien pu, demain, vous dire mon bonheur ;
Il m'a fallu céder à l'élan de mon cœur,
Vous le dire ce soir. O ma Berthe ! ma Berthe !

SCÈNE XI.

Les mêmes, Desgrassin.

(Adrien et Antony causent à gauche du théâtre ; Julie les regarde avec complai-
sance ; Desgrassin entre par la porte de droite, sans les voir.)

DESGRASSIN, avec mystère.

En passant, j'ai trouvé la porte grande ouverte ;
J'ai pensé qu'Adrien ne l'avait, en sortant,
Pas fermée..... et je viens vous revoir un instant.

JULIE, mystérieusement douce.

Ce n'est pas Adrien, ce n'est pas lui !

DESGRASSIN.

Ma chère,
J'ai des renseignements puisés au ministère ;
Antony n'aura pas sa nomination...,.

JULIE, indiquant Antony.

Mais le voilà nommé substitut à Riom.....
Agnès, qu'en dites-vous ?

ANTONY, à Desgrassin.

Mon Dieu, c'est vrai, Madame,
Et je viens demander qu'on m'accorde pour femme
Berthe, qui m'aime, et que j'aime bien, Dieu merci !

DESGRASSIN.

Vous avez le brevet ?

ANTONY, lui-montrant la lettre.

Le brevet, le voici !

DESGRASSIN.

Donc, on m'avait trompée ; acceptez mes excuses.....

ADRIEN, bas à Julie.

Croirez-vous désormais à ses infâmes ruses ?

JULIE, bas à son mari.

(A Desgrassin.)

Non, plus jamais !... Bonsoir, je n'ai besoin de rien ;
J'aurai Berthe, Antony ; j'ai là mon Adrien,
Je suis complète... Adieu !

(Desgrassin sort.)
(Lui criant du seuil de la porte.)

Surtout, fermez la porte
En sortant !

SCÈNE XII.

Les mêmes, moins Desgrassin.

ANTONY, du seuil de la porte.

Et surtout, que le diable t'emporte !

JULIE, maternellement.

Antony, mon neveu, je t'accorde la main
De Berthe, et le contrat sera passé demain.

ANTONY, lui baisant la main.

Merci, tante !... Un dîner chez *Versepuy* [1] s'apprête,
Et ce soir mes amis célèbrent ma conquête,
Voulez-vous que mon oncle en soit ?

JULIE, avec finesse.

Je me souvien

(A son mari.)

Du pacte de tantôt. Vas-y donc, Adrien !

(Antony et Adrien sortent après avoir embrassé Julie, qui est
sur le point d'entrer dans sa chambre.)

(1) Restaurateur en vogue à Clermont.

FIN

POÉSIES DIVERSES.

6

LA POÉSIE.

Qu'est la divine poésie ?
Un pur rayon surpris à Dieu ;
Par ses lueurs, l'âme saisie,
Rêve d'amour et de ciel bleu.

Sans elle, que deviendrait l'homme ?
Un être abject, sans horizon ;
Chercherait-il au divin dôme [1]
Des divers astres la raison ?

(1) Que serait la science sans la poésie, non l'art des vers, mais les aspirations du génie ?

Sonderait-il la mer profonde ?
Pourrait-il de sa forte main
Par la vapeur enchaîner l'onde
Et s'y conquérir un chemin ?

Pourrait-il dire à sa pensée
D'éclairer son obscure nuit ?
A la haine, cette insensée,
De chasser la mort qui la suit ?...

L'amour serait une utopie,
Le cœur un don fatal du ciel,
Le dévouement un acte impie.....
Du sang, jamais, toujours du fiel !

Viens, ô divine enchanteresse !
Viens rayonner sur cet enfer ;
Viens répandre sur la détresse
L'illusion, présent si cher !

Donne à tous la sainte espérance,
Azure les labeurs de tous;
Change en volupté la souffrance,
Fais que tout pleur paraisse doux !

13 décembre 1858.

A Mme DE V***.

SOUVENIR DE 1855.

Vous l'aviez recueilli, ce pauvre petit ange,
Cet enfant que chez vous j'ai vu rose et vermeil;
Lys qui sans votre main tombait en cette fange
Où l'on trouve le vice et la honte au réveil!...

Qu'elle fut pour mon cœur douce cette soirée
Où, voyant près de vous ce pauvre abandonné,
Je vous dis : « Quelle est donc cette fleur azurée? »
Et vous : « Un pauvre enfant que le Ciel m'a donné! »

Bien des jours, depuis lors, ont fui; mais ma pensée
Me présente toujours ce charmant souvenir,
Cette orpheline, hélas! par votre main bercée,
Et qui par votre cœur trouvait un avenir!

1er avril 1859.

FEMME ET FLEUR.

Madame, un certain jour, j'examinais des roses ;
L'une d'elles, parmi les plus fraîches écloses,
Brillante de rosée, étalait au soleil,
Qui rayonnait déjà, son pétale vermeil.
Aussitôt apparut la cohorte folâtre,
De toute fleur qui naît parasite idolâtre :
Les papillons légers aux brillantes couleurs,
Les bourdons veloutés et les frélons voleurs,
Les taons audacieux, l'abeille butineuse.....

7

Ils s'épandaient autour de la belle épineuse,
Volaient, tourbillonnaient, mais n'osaient, par respect,
La braver, et ternir son gracieux aspect !

Et je vous comparais à cette fleur, Madame,
Et me disais ceci : « La fleur, comme la femme,
» Peut plaire et rester digne ; un talisman vainqueur
» Entoure leur beauté d'un cercle protecteur ;
» Il chasse les frélons, les séducteurs de femmes,
» Et change tout amour en un mélange d'âmes ! »

Mai 1857.

A M. DUCROS DE SAINT-GERMAIN.

EN AVANT !

La vérité du jour fut l'erreur de la veille !
Il n'est point, ici-bas, d'étonnante merveille
Qui n'ait été brisée à son début; pourquoi?
Parce qu'en général l'homme manque de foi;
Que le fait accompli trop souvent est sa règle ;
Que souvent, dans son vol, sa main arrête l'aigle,
Ou veut écraser l'œuf qui contient le progrès,
Qu'*avant* il a maudi, pour le bénir *après !*
Pour moi, la foi n'est pas une stupide ornière
Où toujours et toujours, de la même manière,

On voit l'homme-mouton se traîner et ramper ;
Non, son esprit dût-il quelquefois se tromper,
J'aime à le voir sortir des maximes connues ;
Hardi, j'aime à le voir s'élever dans les nues,
Tomber, recommencer son vol audacieux
Et dérober enfin quelque secret aux cieux !
Je n'appelle pas foi regarder en arrière ;
Mais devant soi chercher une vive lumière,
Croire au passé bien moins qu'à l'obscur avenir,
Oublier quelquefois plus que se souvenir,
Et ne prendre au tombeau que le résidu sombre
Des martyrs du progrès, ces victimes sans nombre !

7 avril 1859.

A AMÉDÉE TEULON.

___

NIMES !

—

A toi ces vers, à toi, vieille cité romaine!
Nîmes, où de mon cœur le souvenir m'entraîne,
Qui m'apparais, hélas! en rêve si souvent,
Et me fuis, au reveil, comme poussière au vent :
Car je croyias ma tombe aux lieux qui m'ont vu naître;
Car si quelqu'un m'eût dit qu'un certain jour, peut-être,
Je pourrais tout quitter de toi, joie et douleur,
J'aurais répudié cette voix de malheur,

Et me tournant vers toi, ville qui m'es si chère :
Réponds, t'aurais-je dit; est-ce bien vrai, ma mère !
Et c'était vrai pourtant, et mes pas incertains
Devaient subir la loi de mes vagues destins.

Mais, quoique loin de toi, va, je te suis fidèle ;
Souvent, pour te revoir, je me confie à l'aile
De l'ange-Illusion, qui me porte en tes murs
Et me rend les moments de l'absence moins durs.

Croyez-vous, mes amis, que pour vous je sois traître ;
Que, vous ayant connus, je puisse méconnaître
Qu'ensemble nous avons grandi, joué, souffert ?
Souffert ! Savais-je alors qu'absence (mot amer !)
Devait nous séparer, et jeter en mon âme
De mon éloignement la douloureuse flamme ?

Crois-tu qu'ils soient par moi, cher *Teulon*, oubliés
Ces jours où, cheminant, l'un sur l'autre appuyés,
Remplis d'illusions, mais très-légers de peines,
Nous trouvions pour sujets à nos ardentes veines
Les vers, la politique ? Et combien étaient courts
Les instants consacrés à nos si longs discours ?

Crois-tu que le Caveau [1], ce temple du sans-gêne,
Que la discussion traduisait en arène,
Ne me rappelle rien ?... Que, Nîmois oublieux,
Je puisse consulter mes souvenirs pieux
Sans me remémorer cette fontaine ombreuse [2]
Où nous allions, rêveurs, pleins d'humeur paresseuse,
Nous asseoir, respirer près du chalet Armand [3],
Et boire un pot de bière en causant et fumant ?

Et nos ascensions sur le mont poétique [4],
Que couronne une tour [5], cette ruine antique ?

Et l'immense horizon allant jusqu'à la mer [6] ?

Et ces hauts marronniers formant un dôme vert [7] ?

Et la ville, plus loin, à notre âme saisie
Montrant ses monuments, vivante poésie ?

Et quand le soir venait, ces douteuses lueurs [8]
S'échappant de bosquets tout émaillés de fleurs !

Nìmes, ô ma cité! vous tous, mais que j'aime!
A vous ces vers! Et quand la Parque à face blême
Aura de ses ciseaux mis un terme à mes jours,
Mon âme en vous ira confondre ses amours!

24 mars 1859.

NOTES.

(1) Le Caveau, cercle de jeunes gens où, malgré les divergences les plus grandes d'opinions, régnait, au milieu des discussions les plus vives, la plus grande cordialité.

L'auteur avait contribué à le fonder.

(2) La Fontaine, l'une des promenades de la ville de Nîmes.

(3) Chalet Armand, estaminet établi sous les tilleuls qui ombragent le temple de Diane, restes d'un édifice somptueux, temple d'après les uns, établissement de bains d'après les autres.

(4) Le mont d'Haussez, roc des plus arides, qui, M. le baron d'Haussez étant préfet du Gard, fut planté de pins et transformé en un bois délicieux

(5) La Tour-Magne, tour principale et presque le seul reste des fortifications de Nîmes romaine.

(6) Du pied de cette tour on peut apercevoir la mer.

(7) Les jardins de la Fontaine sont plantés de marronniers qui, dans la belle saison, font un effet magique.

(8) Ils sont éclairés au gaz, dont la lumière se mêle le plus gracieusement du monde à leurs feuilles et à leurs fleurs.

A ANDRÉ MOINIER.

L'HISTOIRE.

L'histoire est un amas de choses écroulées,
Des hontes, des grandeurs confusément mêlées,
    Des larmes et du sang !
Un assemblage impur de vertus et de crimes,
De trônes de tyrans, d'échafauds de victimes
    Pêle-mêle gisant !

Tout paraît confondu dans cet obscur dédale,
Et la main du hasard, divinité banale,
    Semble avoir tout produit ;

Le sceptre de *César*, le bûcher de *Pompée*,
Semblent, pour l'avenir, une sombre épopée
   Dont l'auteur est la nuit !

Mais il surgit enfin, après les siècles sombres,
Un flambeau qui, jetant ses clartés sur ces ombres,
   Fait à chacun sa part ;
Sa justice projette un rayon sur *Pompée*,
Et, pour venger enfin l'humanité trompée,
   De l'ombre sur *César !*

7 septembre 1859.

AU COLONEL DUMONT

AU 8ᶜ RÉGIMENT D'INFANTERIE

A SON RETOUR D'ITALIE.

Salut à vous ! Chacun en ce beau jour de fête
Sent palpiter son cœur, voit rayonner sa tête,
Et d'un bras triomphant vous ouvre la cité.
Héros, dont la valeur a lassé la victoire,
Entrez ! car vous avez agrandi notre histoire,
Et l'Italie aux fers vous doit sa liberté !

Quand votre sang coulait, de mortelles alarmes
Assombrissaient nos fronts, mouillaient nos yeux de larmes,
Car toujours la victoire est chère à conquérir !
Hélas ! pourquoi de sang rougit-elle sa voie ?
Pourquoi tant de douleurs précédant notre joie ?
Pourrait-on pas combattre et vaincre sans mourir ?

N'oublions pas les morts, mais respectons leurs ombres,
Laissons dormir en paix dans leurs demeures sombres
Vos frères, qu'a trahis leur généreux effort ;
Les hasards des combats sont bien souvent la tombe ;
Le burin de l'histoire est pour celui qui tombe
Plus brillant que pour ceux qu'a dédaignés la mort !

Paix donc aux glorieux que couvre la poussière !
A quoi nous serviraient notre douleur amère,
Et nos larmes des yeux et nos regrets du cœur ?
La mort a consacré leurs noms devant l'histoire ;
Ne leur disputons pas de façon dérisoire,
En trop les regrettant, leur partage d'honneur !

Mais vous qu'épargna la mitraille,
Vous qui nous revenez vainqueurs et triomphants,
Héros de plus d'une bataille,
Entrez ! de la patrie, ô les nobles enfants !

Clermont en frères vous accueille ;
Clermont avec amour vous reçoit aujourd'hui ;
Devant vous tout cœur se recueille
Et sent qu'un noble orgueil vient rayonner en lui !

Car de votre invincible épée
Vous avez fait jaillir tant d'éclairs glorieux,
Que vous avez une épopée
A raconter plus tard quand vous serez aïeux !

En deux mois l'Autriche est défaite ;
En deux mois l'Italie a vu tomber ses fers !
Acclamés par un peuple en fête
Et chargés de lauriers, vous repassez les mers !

Pareils à la foudre céleste
Vous brillez, vous tonnez, et tout fuit devant vous.
Vous battez l'ennemi d'un geste,
Et, quand tout frémissant il est à vos genoux,

Votre main toujours généreuse,
Après avoir vaincu, met un terme aux combats.
De la France victorieuse,
Honneur, honneur à vous, héroïques soldats !

Quoique éloignés de vous, nobles fils de la France,
Malgré tous nos effrois, nous avions l'assurance
De vous voir revenir une auréole au front !
Nous savions que pour vous la victoire est facile ;
Mais pouvions-nous penser que la première ville
Où vous rayonneriez serait l'heureux Clermont ?

Venez nous raconter vos grandes épopées ;
Frères ! permettez-nous d'admirer vos épées,
A nous, qui vous suivions seulement de nos vœux,

Alors que , franchissant vos étapes de gloire ,
Vous alliez ajouter quelques pages d'histoire
Pour l'admiration de nos petits-neveux !

Et quand pour nous le temps ralentira ses ailes,
Quand nous aurons vieilli, vos gloires immortelles
Viendront nous rajeunir et réchauffer nos cœurs ;
Nous nous rappellerons cette belle journée,
Nous nous rappellerons que, par vous couronnée,
La ville, à pareil jour, vous saluait vainqueurs !

Août 1859.

Ces vers, écrits *au moment* de l'arrivée à Clermont du 8ᵉ d'infanterie, s'adressent implicitement au 1ᵉʳ de lanciers, que notre bonne fortune a dirigé parmi nous à sa rentrée en France.

OH ! NE VIENS PAS !

Ange, si tu savais ce que c'est que la vie !
Pourrait-elle jamais provoquer ton envie ?
    Car vivre c'est souffrir !
C'est compter sur un jour qui manque de durée,
De célestes désirs avoir l'âme parée,
    Espérer et mourir !

Dire toujours : Demain ! demain ! obscure page
Où le doigt de la mort, que n'arrêtent ni l'âge
    Ni les bras suppliants,

Inscrit les noms des fils des amis et des frères,
Et livre leurs débris aux urnes funéraires
      Pour les sombres néants !

Enfant ! oh ! ne viens pas, garde ta paix sereine ;
Tu ne sais pas, hélas ! combien de maux entraîne
      Même un jour de bonheur !
Ici-bas tout se lie, et dans l'amour lui-même
Il existe pour l'âme une douleur extrême,
      Un mécompte du cœur !

Jadis, ainsi que toi, j'avais compris la vie ;
Je la croyais toujours par le bonheur suivie !...
      Oh ! ne t'expose pas
A maudire demain ton désir de la veille ;
Car un cuisant remords te dirait à l'oreille
      Un lamentable hélas !

27 mai 1859.

A JEAN REBOUL.

AIGUES-MORTES.

Oui, je pense souvent à votre onde argentée,
En esprit je revois souvent votre jetéé,
Port et mer d'Aigue-Morte, à mon souvenir chers !
J'aime par la pensée à voir le flot qui baise,
Et, frissonnant d'amour, inonde la falaise
     Que tapisse l'algue des mers !

Quand j'étais dans tes murs, ô fleuron de l'histoire !
Tes glorieux croisés venaient à ma mémoire

Et mon œil les voyait précédés de Louis,
Ce roi qui, rayonnant, monta sur sa galère,
Et qui vers un tombeau sillonnant l'onde amère,
S'en servit de miroir pour l'étendard des lys !

Combien de fois, rêveur, ai-je admiré l'enceinte,
Artistique travail où brille encor l'empreinte
De la royale main (1) qui rehaussa ton nom ;
Fit que de notre mer tu fus la souveraine
Et que chaque marin te proclamait la reine
     Du golfe azuré du *Lion !*

Combien de fois, assis sur ta tour de Constance (2),
Ai-je, d'un œil ravi, vu l'horizon immense
Que forme ton ciel bleu se mêlant à la mer !
A droite, *Montpellier, Cette, Agde, Maguelonne;*
En face, au loin, passer la fumeuse colonne,
Panache noir semblant sortir du flot amer !

Et j'admirais pensif ! Et bientôt ma paupière,
Mesurant la hauteur du colosse de pierre,
S'abaissait lentement ; et je me concentrais
Dans le tableau vivant que me prêtait l'histoire ;

Et je voyais la ville en son passé de gloire,
    Et tristement je comparais !

Je voyais le désert et de chétives herbes,
A la place jadis des cohortes superbes
De Turcs, d'Italiens, d'Anglais, de Castillans,
Des hommes du Midi, des hommes de l'Aurore,
De ceux qu'en se couchant l'astre du jour colore,
Groupes chamarrés d'or, aux costumes brillants !

Je voyais s'avancer les *sauniers* [3], longue file,
Pâle et le sac au dos allant hors de la ville,
Alors qu'en d'autres temps, fiers sur leurs palefrois,
Les chevaliers, bardés de fer, bordaient la rue
Et maintenaient la foule en ces lieux accourue
    Pour Charles-Quint et pour François [4].

Et ma pensée allant moins avant dans l'histoire,
A côté des vertus d'un saint roi, de la gloire
Du chevalier qu'arma le chevalier Bayard,
Je voyais en esprit toutes les faces blêmes,
Et j'entendais les cris que des fureurs extrêmes
Firent, par les dragons, pousser au Camisard [5];

Et par ce souvenir mon âme rassurée,
Pour l'époque actuelle à ces temps comparée,
Glorifiait mon siècle et préférait les cris
Des oiseaux effrayés [6] sous cette voûte sombre
A tous ceux qu'y poussaient les victimes sans nombre
    Du fanatisme de Louis [7].

Et mon pas se tournait lentement vers la grève,
Où le flot agité par le vent se soulève,
Sans paraître troublé par un noir souvenir,
Et je me retournais et voyais, fière et sombre,
Cette tour qui répand sur le passé tant d'ombre
Et tant d'enseignements graves sur l'avenir!

J'atteignais le chenal que le phare domine;
Plus loin, le petit fort à si piteuse mine,
Dont les canons braqués semblent rire à la mer;
Et je m'accroupissais durant une heure entière,
Admirant tout : la vague et la mousse et la pierre
    Que corrode le flot amer !

D'un crabe je guettais le mouvement avide;
D'un goëland mon œil suivait le vol rapide;

Et quand le soir venait, quand l'or de l'horizon
Brunissait, en laissant scintiller les étoiles,
J'apercevais au port l'envergure des voiles
D'un bateau de pêcheur tout rempli de poisson !

Et je montais à bord, et j'admirais la pêche
Où brillaient le *merlan*, la *dorade*, la *sèche*[8],
Le *maquereau* verdâtre et les *homards* bronzés
Savamment étalés par classe, par famille :
Au premier rang la *sole*, au dernier rang l'*anguille*,
      Par le flot amer arrosés [9] !

Et je serrais la main à *Bedos*, à son père [10],
Tous les deux, loups de mer à la brune paupière ;
Je les félicitais et leur disais bien haut :
« Pour vous, amis, jamais l'onde ne fut ingrate ;
» Pour qu'un filet soit plein, il suffit qu'il s'abatte,
» Et le roi de la mer y trouve son tombeau ! »

Nous causions, nous allions au bout de la jetée
Admirer par les flots la lune reflétée ;
Nos cheveux s'imprégnaient des vapeurs de la mer ;
Le phare d'*Agde* au loin scintillait dans la brume ;

8

Les rochers à nos pieds se remplissaient d'écume
    Qu'argentaient les feux de l'éther !

Puis je partais, hélas ! en saluant la plage ;
Je prenais tristement le chemin de halage,
Monotone sentier, qui conduit près des murs
De la ville déchue, où nos races royales
Ont laissé de leurs pas les traces triomphales,
Et qui de saint Louis a les souvenirs purs !

Je cheminais, ayant à gauche la *Roubine* [11],
A droite des salins, éblouissante mine [12],
Et je voyais, au loin, brusquement se dresser
D'un groupe de taureaux les têtes effarées [13],
L'œil et le mufle au vent, mais bientôt rassurées
    En me voyant outre-passer.

Mon pied foulait bientôt des restes poétiques ;
Le port *Louis* [14] ! Alors mes souvenirs classiques
Me rappelaient le roi, ses combats, son tombeau,
La foule des croisés à sa voix entraînée ;
Et pensif je disais : « Tout a sa destinée,
» Et pour tout monument le temps a son flambeau !

» Toute idée est de nuit ou de lueur suivie ;
» La vertu seule peut consacrer une vie ;
» Et malgré le Barbare, ardent démolisseur,
» Parfois on voit surgir la lumineuse face
» De l'un de ces héros, vainqueurs du noir espace,
    » Coulée en un bronze d'honneur !

» La chose confiée au sol est périssable,
» Le souffle du désert la recouvre de sable,
» Et le noir chamelier y parque son troupeau ;
» Malheur au monument auquel manque l'idée,
» Car sur lui quand de Dieu la colère est vidée,
    » Toujours son fondateur y trouve son tombeau !

» Mais le nom qui surprit au ciel une étincelle
» Ne meurt jamais ; la voix de la muse immortelle
» L'acclame, et par ses chants vient le ressusciter ;
» L'histoire lui construit un piédestal de marbre ;
» Souvenir protecteur, il est comme cet arbre
    » Où les enfants vont s'abriter ! »

Et j'arrivais auprès de ce bronze artistique [15],
Chef-d'œuvre gracieux, dont la place publique

De la cité des lys a voulu s'enrichir ;
Je m'arrêtais ; mon pied secouait sa poussière ;
Mon front se découvrait, et muet, en prière,
Je me sentais au cœur un noble souvenir !

La lune se montrait, et dans le ciel bercée,
Reflétait du saint roi la pieuse pensée ;
Le souffle de la mer arrivait de Tunis [16] ;
Il semblait se prêter à la voix de mon âme
Et murmurer le mot que tout Français acclame :
    « Gloire à Louis ! gloire à Louis ! »

16 janvier 1858.

NOTES.

(1) Celle de Philippe-le-Hardi, fils de Louis IX.

(2) *Tour de Constance*, ouvrage avancé des remparts d'Aigues-Mortes.

(3) *Sauniers*, ouvriers des salins, race, en général, fiévreuse et étiolée.

(4) Dont l'entrevue eut lieu à Aigues-Mortes en 1538.

(5) Des Camisards prisonniers furent enfermés dans la tour de Constance durant la guerre des Cévennes, guerre à laquelle les dragons prirent une si triste part.

(6) La tour de Constance est habitée par de nombreux oiseaux nocturnes.

(7) De Louis XIV.

(8) *Sèche*, poisson très-commun dans ces parages.

(9) Au retour de la pêche, les poissons sont arrangés avec ordre sur le pont du bateau et abondamment expurgés de leur boue par l'eau de mer qu'on y répand à seaux.

(10) Nom de deux pêcheurs connus de l'auteur.

(11) *La Roubine*, canal qui fait communiquer Aigues-Mortes à la mer,

8*

(12) Des salins très-abondants ont été établis sur la rive gauche de la Roubine.

(13) La rive droite, presque toute en dépaissances, est habitée par de nombreux troupeaux de taureaux noirs et presque sauvages.

(14) Restes du port construit en cet endroit sous Louis IX, à environ deux kilomètres de la mer, qui se mêlait alors aux marais desséchés depuis.

(15) Une statue en bronze de Louis IX, coulée par Pradier, a été érigée, en 1849, sur la place publique d'Aigues-Mortes; l'auteur assistait à son inauguration.

(16) Inutile de dire que saint Louis est mort à Tunis.

A UNE AMIE.

———

Tu crois souvent que ma pensée
N'est pas à toi, mon insensée !
D'où t'en vient la crainte, dis-moi ?
Mon emphase n'est pas extrême,
Sans délire je dis : Je t'aime !
Mais mon âme est pourtant à toi.

Vois ce ruisseau dans la vallée ;
Sa rive est de fleurs étoilée,
Il les couvre , en passant, de pleurs !
Penses-tu qu'un torrent rapide
Vaudrait mieux qu'une onde limpide
Pour la vallée et pour ses fleurs ?

27 mai 1858,

A H. MOINIER.

FORTUNA !

Tu m'as faussé la main, inconstante fortune !
    Et je ne t'en veux pas ;
Car parmi tes faveurs, avare, en est-il une
    Qui ne soit chère, hélas !

Souvent c'est son repos que l'on te sacrifie,
    Trop souvent son honneur !
Pour éviter ces maux, désormais je me fie
    Aux doux trésors du cœur !

Vois l'homme désigné par ta main aurifère;
     Son front est-il serein ?...
Son cœur croit contenir les sentiments d'un père;
     Moi je le trouve plein,

Mais n'y vois que pour l'or, cette fièvre brûlante
     Qui fait tout aboutir
A l'or, toujours à l'or, et qui jamais n'enfante
     Un céleste plaisir.

La France est en péril? de l'or !... Son père expire ?
     De l'or, toujours de l'or !
Sur sa lèvre jamais je ne vois un sourire
     Que devant un trésor !

27 mai 1858.

A Mme L. B.

A Mme L. B.

—

LE NÉANT.

—

Néant mystérieux, problème rempli d'ombres,
Où donc, en remontant le cours des siècles sombres,
 Puis-je aboutir à ce mot : *Rien?*
Rien ! et que devient *Tout* devant un tel blasphème ?
Que ton éternité le déclare anathème,
 Dieu ! du monde le seul lien ?

Ta voix est l'océan et ta main est la terre ;
Ces globes suspendus d'où nous vient la lumière
 Sont tes divins rayonnements !

Quand j'entends soupirer, c'est ton cœur qui soupire,
Et quand je vois aimer, je vois ton doux sourire
    Eclairer le front des amants !

L'éternité, c'est toi ; l'univers, c'est ton Être ;
Il vit par ton esprit, peut-on le méconnaître,
    En affirmant qu'un jour ta main
Débrouilla le chaos pour *commencer* le monde?
Animer le *néant*, hélas ! erreur profonde !
    Commencer est un mot humain !

Le néant rompt l'anneau de ta chaîne éternelle,
Il arrache, grand Dieu ! les plumes de ton aile
    Et l'arrête dans son essor.
Une *heure* de néant serait de ton essence
Une négation, et ta toute-puissance,
    Vaincue, y trouverait la mort !

27 juillet 1858.

A LA FEMME.

———

De ton âme un parfum s'exhale
Et nous enveloppe d'amour ;
Ton cœur, que pas un cœur n'égale,
Convertit notre nuit en jour.
Que tu sois fille, épouse, mère,
De toi les rayons de lumière
Qui s'échappent font tour à tour,
Pour notre jeunesse rêveuse,
Pour notre vieillesse frileuse,
Que nous n'avons, belle amoureuse,
Pour toi l'amour, rien que l'amour !

9

Que Dieu te mette une auréole,
Que Satan te marque le front,
Que tu sois courtisane folle
Ou bien pure de tout affront,
Je vois toujours en toi la femme ;
Et si basse que soit ton âme,
J'y prévois souvent un retour,
Un retour de fille ou de mère,
Un retour quelquefois sincère.....
Oh ! ne lui jetez pas la pierre,
Car vous pourriez blesser l'amour !

1er juin 1858.

A M. L'ABBÉ J. D.

PENSÉE.

Non, tout n'est pas fini, non, le sol qu'on entr'ouvre,
Où l'on met un cercueil que de sable on recouvre,
Ne nous contient pas tout ; non, malgré le tombeau,
L'homme n'en a pas moins son âme, un pur flambeau.
Le corps est cet habit qu'a fatigué l'usage
Et qu'on suspend au seuil, quand au but du voyage
On arrive brisé, les pieds meurtris, les mains
Sanglantes !

Non, la mort n'est pas ce que je crains,
Car tout n'est pas fini !

Le soir, quand ma paupière
Elève vers le Ciel sa muette prière
Et qu'elle voit l'essaim dont il est émaillé :
Non, me dis-je, ô mon Dieu ! l'esprit n'est pas souillé
Par la corruption que la vile matière
Subit par le trépas ; l'une reste à la terre,
L'autre brave le temps, et vers le ciel porté
Gravite constamment dans son éternité !...

30 juin 1858.

A Mme F. P.

A UNE MÈRE.

Amie, oh! je comprends votre tristesse amère,
Je comprends que parfois votre front soit austère
Et qu'en vous de l'espoir s'éteigne le flambeau ;
Car votre premier-né, cet orgueil d'une mère,
A péri loin de vous, et son corps, ô misère !
    A pris l'Océan pour tombeau !

Si du moins il gisait en la terre pieuse,
Asile où va prier toute âme douloureuse,
Celle-ci pour l'aïeul, celle-là pour l'enfant;
Vous pourriez, quand le soir tout esprit se recueille,
Quand le vent de la nuit fait palpiter la feuille,
Sur son tombeau chercher un penser triomphant !

Vous pourriez y cueillir, pour chasser la mort blême,
Le lys immaculé, la fleur qui dit : Je t'aime !
L'immortelle, le myrte et le tendre lilas,
Y mêler du cyprès la funèbre verdure,
En faire du foyer la plus chère parure,
    Et vous le figurer, hélas !

Vous ne l'auriez pas tout, mais vous auriez son âme ;
Pour vos douleurs ces fleurs seraient un pur dictame,
Et leur illusion pourrait vous consoler !
Vos yeux, en humectant de larmes leur pétale,
Croiraient le voir encore, et la pierre fatale,
Au moins pour un instant, pourrait se desceller !

Mais voir de la grève
Le flot qui s'élève,
Le flot que soulève
La fureur du vent ;
Chercher une forme
Humaine ou difforme
Dans la vague énorme,
Quel cruel tourment !

D'un regard avide
Consulter le vide
Que le flot rapide
Laisse apercevoir ;
Horizon immense,
Oh ! que ta distance
A l'impatience
Laisse peu d'espoir !

L'onde pousse l'onde,
La grève s'inonde,
L'Océan qui gronde
Ne lui laisse rien.

Espoir éphémère,
O pensée amère !
La vague à la terre
Ce qu'elle a retien !

Mais fuyez la plage,
Laissez à l'orage
Sorti du nuage
Son gouffre béant ;
Trop avare tombe,
Triste catacombe
Où tout ce qui tombe
Trouve le néant !

La terre est muette,
En vain, inquiète,
Tournez-vous la tête
Vers l'ingrate mer ;
En vain chaque lame
En brisant votre âme
D'horreur vous enflamme.....
Désespoir amer !

Mais que sont donc pour vous les ondes et la terre ?
Amie, abandonnez enfin leur atmosphère ;
Elevez-vous plus haut, atteignez donc le Ciel ;
Là vous retrouverez, inondé de lumière,
Celui que ne contient ni la mer ni la terre,
    A la droite de l'Eternel !

Tournez vers lui les yeux ; que votre âme immortelle
Abandonne ce monde et se confie à l'aile,
Appendice divin que le Ciel mit en nous
Pour monter en esprit dans le céleste espace ;
Puisez donc un espoir dans la divine face
Alors que l'horizon est trop brumeux pour vous !

Et quand vous quitterez la région céleste
Le cœur rasséréné, pour le fils qui vous reste
Ayez donc un regard complet, réparateur ;
Car le Dieu tout-puissant joint toujours à la larme
Un rayon de bonheur, et sa bonté désarme
    La main qui nous perça le cœur !

22 novembre 1857.

A MES AMIS.

CHANSON.

Je te bénis, inconstante fortune !
Tes vils trésors m'ont glissé de la main,
Et je n'ai pas cette fièvre importune
Qui vient jeter le trouble au cœur humain !

Je sens en moi la liberté divine
Parer d'azur mon esprit vagabond,
Et désormais, sans que rien me domine,
Je puis de tout apprécier le fond.

Sur mon chemin, quand une main amie
Me pressera la main, je n'aurai pas
A redouter, trop fréquente infamie,
Que pour de l'or on n'arrête mes pas !

Croyez-vous donc que pour vous on vous aime,
Riches qu'entoure un essaim de flatteurs ?
Voyez celui qu'a frappé la mort blême ;
Autour de lui que de masques trompeurs !

Que de soupirs ! quelle douleur cruelle !
Combien de pleurs viennent noyer les yeux !...
Mais voyez donc là-bas cette escarcelle !
Voyez cet or... au souvenir pieux !

Un coffre-fort fait verser bien des larmes ;
Grâces à l'or, il est bien des regrets,
Soupirs menteurs et menteuses alarmes !
Le pauvre seul en provoque de vrais.

Donc, mes amis, à mon heure dernière,
Autour de moi les pleurs qui couleront
Viendront du cœur, et... du moins je l'espère,
Vous n'aurez pas un masque sur le front.

Tous vos regrets donnés à ma mémoire
Seront sentis, et ne contiendront pas
D'un souvenir le semblant dérisoire
Et de l'or vil les ignobles appas !

Je te bénis, inconstante fortune !
Tes vils trésors m'ont glissé de la main,
Et je n'ai pas cette fièvre importune
Qui vient jeter le trouble au cœur humain !

13 avril 1859.

ROMANCE.

Quand tes beaux yeux dirigent sur mon âme
Les doux éclairs qui savent la charmer,
En toi je vois l'ange plus que la femme,
Et c'est le Ciel qui me dit de t'aimer!
Fais que tes yeux sur moi brillent sans cesse!
Tourne vers moi ces flambeaux des amours!
Quelle serait sans tes yeux ma tristesse?
Vers ton ami tourne-les donc toujours!

Lorsque ta voix, pour moi douce merveille,
Vient m'inonder de volupté, je sens
Des sons divins caresser mon oreille,
Et Dieu lui-même envierait tes accents !
Parle toujours ! oh ! parle-moi sans cesse !
Ta voix si pure est la voix des amours !
Quelle serait sans ta voix ma tristesse ?
A ton ami parle ! oh ! parle toujours !

Voix, doux regard, union qui m'enchante,
Soyez toujours mon céleste trésor !
Rien ici-bas sans vous, rien ne me tente ;
Quand je vous ai, je domine le sort.
Regarde-moi ! parle-moi donc sans cesse !
Ta voix, tes yeux sont l'écrin des amours ;
Sans eux, hélas ! vois quelle est ma tristesse !
Regarde-moi ! parle-moi donc toujours !

24 juin 1859.

BOUTADE CONTRE UN BEAU-FILS.

———

Et tu n'as pas vingt ans [1], et tu portes la trace,
Sur tes traits amaigris, de la mort qui les glace ;
Jeune et caduc vieillard pour lequel le plaisir
N'est plus un sentiment, à peine un souvenir ;
Tu traînes pesamment ta jeunesse flétrie.
Inutile ! de toi doit rougir la patrie ;

[1] Il n'avait pas vingt ans.........

Victor HUGO.

Et tu pourrais pourtant en faire l'ornement.
Tu souilles la pudeur pour passer un moment;
Ton doigt négligemment effeuille toute rose;
Ton front est fatigué, triste, ennuyé, morose;
Ton œil appesanti n'a jamais, orgueilleux,
Dirigé ton regard vers la plaine des cieux!
Tous les jours, aviné, dans le char où tu brilles,
Chacun en te voyant rougit, et les familles,
Groupes purs qu'en passant tu croises en chemin,
Comme exemple à leurs fils te montrent de la main!

22 juin 1858.

A M. GARNIER.

PENSÉE.

Un pauvre aveugle était assis sur une borne ;
Il tendait aux passants sa sébile de corne,
Et leur disait : « Mes yeux sont au jour du ciel clos ;
» Ayez pitié de moi ! voyez quels sont mes maux !
» La charité, Messieurs ! et pour vous ma prière
» A Dieu demandera le bonheur, la lumière ! »
Et les passants allaient, et la main d'aucun d'eux
Ne lui donnait.

Soudain arrive radieux
Un jeune enfant, fillette à la joyeuse mine,
Et l'aveugle sourit, car son cœur la devine ;
Il la prend, la caresse, et sur ses deux genoux
La place. J'étais là ; ma main jette deux sous
Dans la sébile vide ; et grave, ma pensée
Se recueille. Oh ! du cœur bienfaisance insensée !
Me dis-je ; la pitié, ce sentiment si pur,
Serait-il excité seulement par l'azur ?
Ou bien, au triste aspect d'une noire misère,
Tout œil reste-t-il sec, toute main en arrière ?

31 juillet 1858.

MORS !

—

Quand je vois un mourant, je crois qu'il se réveille ;
Je crois qu'un ange pur lui murmure à l'oreille
Un mot réparateur et saint de liberté ;
S'il meurt et brise enfin sa chaîne de la terre,
Son corps y reste ; mais, brillante de lumière,
Son âme prend son vol vers l'immortalité !

Pourquoi de tant de pleurs inonder une tombe ?
Pourquoi tant regretter un ami qui succombe ?

Mourir est se dresser et combler un espoir ;
L'exception est vivre, et mourir est la règle.
Le soir on voit l'affreux hibou, le matin l'aigle ;
La mort est le matin et la vie est le soir.

16 mars 1859.

A PROPOS DE LA LIBERTÉ DES FEMMES.

Oh ! ne déposez pas votre sainte auréole ;
Ne la profanez pas d'une injuste hyperbole !
    A propos de cette rigueur.
Anges, qui vous contraint à garantir vos ailes,
Et qui vous les maintient radieuses et belles
    Au-dessus de toute impudeur ?

Ne dites pas : « La loi, c'est vous qui l'avez faite ;
» Vous nous courbez le front, et vous parez la tête
   » D'un pur rayon de liberté !
» Vous nous défendez tout quand vous pouvez tout faire. »
Oh ! de nos libertés voyez donc la misère !
   L'homme est moins bien que vous doté.

Par elles nous errons souvent dans la nuit sombre,
Effeuillant, flétrissant tous nos désirs sans nombre ;
   Mais vous, esclaves, dont les cieux
Sont la demeure auguste, oh ! méprisez la terre !
Ne la convoitez pas ! bénissez au contraire,
   Car tous vos pas sont lumineux !

En vous est tout le bien ! tout le beau ! tout le juste !
Sur votre front toujours une couronne auguste
   Brille et vous pare de rayons.
Femmes, n'y touchez pas ! car, fille, épouse, mère,
Comme que vous soyez, vous êtes sanctuaire,
   Et vos fronts purs parent nos fronts.

Vous êtes tout azur et nous sommes tout ombre ;
Ne vous exposez pas, hélas ! vaisseau qui sombre,
    A tout engloutir avec vous !
La liberté pour toi peut devenir amère !
Oh ! ne réveille pas en l'acclamant, ô mère !
    L'enfant qui dort sur tes genoux.

15 février 1858.

———

LA PAIX.

La paix !... donc vous pouvez rengaîner vos épées !
La paix !... donc vous pouvez couvrir vos épopées
  De guirlandes de fleurs !
Durs soldats ! dont l'acier n'a pu tarir la veine,
Arrêtez-vous ! voici venir la paix sereine ;
  Arrêtez-vous, vainqueurs !

Vos ennemis vaincus implorent une trève ;
Déjà par trop de sang est rougi votre glaive !
         Et la postérité ₁
Ne vous demande pas un supplément de gloire ;
Vous avez assez fait pour notre grande histoire
         Et l'immortalité !

France, assez de lauriers ! tresse une autre couronne,
Prends le rameau divin que Minerve te donne,
         Et pares-en ton front !
Ecoute en ses élans ton âme généreuse ;
Tu peux te reposer, car ta main glorieuse
         A vengé ton affront !

Mais surveille pourtant le fruit de tes victoires ;
Pour beaucoup les serments sont choses dérisoires.
         Oh ! conserve la main
Pour de nouveaux exploits sur ta fidèle épée ;
Car si ta bonne foi pouvait être trompée,
         Tu combattrais demain !

Consolez-vous! bientôt, ô mères éplorées!
Vos fils vous reviendront; pour ce beau jour parées,
  Vous aurez le bonheur
De leur tendre les bras, et leur noble poitrine
Portera ce ruban devant lequel s'incline
  Tout amant de l'honneur!

9 juillet 1859.

A MARCO.

LA PEINE DE MORT.

Tu t'arroges un droit que la justice nie ;
Tu ne peux pas frapper d'une peine infinie
　　Et faire par la mort
Expier un forfait commis par ton semblable ;
Ta réparation est devant Dieu coupable :
　　C'est la loi du plus fort !

Que prouvent ton gibet, ton échafaud, ta roue,
Le sang que tu répands et qui rougit la boue,
    Sinon que pour venger
Un crime *nuitamment* commis par la folie,
Ta droite s'est aussi de sang humain salie
    Au grand jour, sans danger !

Dieu n'a t-il pas toujours permis la pénitence ?
Le crime ne peut pas devenir l'innocence ;
    Mais qui t'a dit, à toi,
Qu'un patient conduit sur la grève sanglante,
En lui, de son forfait, n'a rien qui se repente '
    D'où le sais-tu, dis-moi ?

Crois-tu bien, en faisant trébucher une tête
Dans le panier fatal qu'un homme rouge apprête,
    Soulever un tombeau ?
Dis, crois-tu réparer la mort d'une victime ?...
Pour punir un forfait, ta main commet un crime
    En changeant de couteau !

Et quand, pour ton malheur, ta main fait fausse route,
Quand la réalité prend la place du doute,
    Quand le décapité
Devient un innocent à la pure mémoire,
Crois-tu, par un arrêt posthume et dérisoire,
    L'avoir ressuscité?

Non! va; laisse à Dieu seul le soin de sa justice!
Evite que sur toi, chrétien, ne rejaillisse
    Une goutte de sang!
Tuer est criminel! depuis qu'au saint Calvaire,
On a vu Christ en croix implorant Dieu son Père,
    Mourant et bénissant!

27 mai 1858.

PENSÉE.

—

Il suffit quelquefois pour retirer une âme
    De l'abîme profond et noir
D'un sourire d'amour, d'une larme de femme,
    Eclair divin, perle d'espoir !

Il suffit quelquefois d'une douce parole
    Pour lui faire faire un retour
Sur son passé brumeux, et la douce parole
    Qui vient la parer est l'amour !

26 juillet 1858.

—

A M. A. DE LAMARTINE.

Monsieur,

Ces quelques vers sont écrits avec le cœur ; soyez donc assez bon pour en pardonner la forme. Puissent-ils vous prouver que par le temps qui court d'ingratitude et de calomnie, tous les Français ne sont pas ingrats et calomniateurs !

Mon nom, qui vous est d'ailleurs parfaitement inconnu, a l'habitude de s'inscrire parmi les minorités, qui sont presque toujours le sanctuaire du *juste,* du *bien* et du *beau.* Mais en ce qui concerne votre probité politique et privée, vos vertus et votre génie, il proteste hautement, mêlé qu'il est à la presque unanimité de

11

la famille française, contre la calomnie dont certains hommes poursuivent toujours les flambeaux des nations.

Veuillez agréer, Monsieur, l'expression de ma haute et respectueuse admiration.

Louis CHALMETON.

15 juillet 1858.

AUX DÉTRACTEURS

D'UN HOMME DE BIEN ET DE GÉNIE.

———

Et vous calomniez cet homme dont la France
Est fière à si bon droit! et vous jetez l'offense
    A cet homme géant!
Qui n'eut, à notre avis, qu'un tort (erreur amère!)
D'avoir, de février, qui commençait une ère,
    Fait presque le néant!

Sans lui que seriez-vous? Rappelez-vous la Grève!
Rappelez-vous qu'un jour, menacé par le glaive
          D'un flot d'hommes vainqueurs,
Il imposa silence à cette foule armée,
Océan qui grondait, et la France alarmée
          Reprit ses trois couleurs!

La révolution, dites-vous, il l'a faite;
Mais *Barnave* et *Bailly*, *Lameth* et *Lafayette*,
          Qu'ont-ils fait, dites-moi?
Que faisait *Mirabeau*, dont la grave parole,
En affirmant le droit, jetait bas toute idole
          Et consacrait la loi?

Ces hommes proclamaient *pour vous*, pour leur patrie,
La liberté, le droit, l'œuvre *par vous* flétrie,
          La révolution!
Et vous leur jetteriez, si le temps de son aile
Ne les avait couverts d'une gloire immortelle,
          Un mot d'abjection!

Qu'était le Dieu Jésus expirant au Calvaire ?
Qu'était le code saint qu'il léguait à la terre
    En remontant au ciel ?...
Si vous aviez été le peuple de Judée,
Vous auriez réservé la croix à son idée,
    A sa bouche le fiel !

Vous admirez les uns et vous adorez l'autre !...
Vous le dites au moins ; mais, ainsi que l'apôtre,
    Dont le lâche baiser
Vendit à ses bourreaux le divin Fils de l'Homme,
Vous le vendriez encor ; et si le Jeu-de-Paume
    Voyait, fiers, se dresser

Tous ceux de qui la main rédima votre race,
Vous, les ingrats d'alors, vous levant tous en masse,
    Auriez, gens sans pudeur,
Crié *Raca !* flétri de votre main impure
Ces hommes dont pourtant jamais votre stature
    N'atteindra la hauteur !

Soyez grand, soyez fort, ayez donc du génie ;
Sacrifiez vos biens pour que l'on vous renie !...
    C'est la commune loi ;
« Mais que t'importe à toi leur inutile offense ?
» Que te font leurs mépris ? De notre noble France
    » Tous les cœurs sont à toi ! »

15 juillet 1858.

RÉPONSE DE M. A. DE LAMARTINE

A L'AUTEUR.

————

Monsieur,

Que ces strophes sont vibrantes de vérité et d'indignation !
et comment un peuple qui possède çà et là des cœurs comme le
vôtre, peut-il renier et lapider ceux qui l'ont aimé jusqu'à se
perdre pour lui ?

Si vous aviez été le peuple de Judée, etc.

Je regrette d'avoir eu plusieurs jours ces *iambes* sur ma table,
sans avoir eu une minute pour les lire ; excusez-moi et plaignez-
moi !

Dans cette éponge de fiel il y avait une goutte d'eau pure,
c'était une larme de l'amitié ; elle est tombée pour moi de vos
yeux ; elle sera recueillie par mon cœur.

LAMARTINE.

21 juillet 1858.

————

A UNE AMIE.

Aller et revenir, telle est la vie humaine !
Au départ le rayon, l'âme de bonheur pleine,
    Les ombres au retour !
Pareille à l'Océan, elle est un jour la cîme,
Qui, pour le jour suivant, hélas ! devient l'abîme ;
    Joie et deuil tour à tour !

J'avais samedi soir l'âme toute à la joie ;
J'allais !... lundi matin mon bonheur perd sa voie ,
    Car mes pas , au rebours
Du chemin d'avant-hier, me rendent à ma chaîne
Et rompent le courant qui près de toi m'entraîne ,
    Et toujours ! et toujours !

4 octobre 1859,

AU COLONEL A. CAMBRIEL.

———

AUX OFFICIERS DE LA GARNISON DE CLERMONT

A PROPOS DE LA FÊTE DE CHARITÉ DU 6 MARS.

———

Hier Clermont rayonnait d'allégresse ;
Hier, Messieurs, plaisir et charité,
Couple divin, nous tenaient leur promesse,
Et tous les cœurs battaient dans la cité !
Grâces à vous, le pauvre en sa misère
Pourra mêler un sourire à ses pleurs,
Car vous avez, vaillants hommes de guerre,
Sur bien des maux répandu bien des fleurs !

Veuillez permettre à ma muse attendrie
De célébrer cet *exploit*... généreux ;
Si vous savez défendre la patrie,
Frères, aussi vous faites des heureux !
Que votre main ait l'arme de folie,
Que vous ayez au bras un fer vainqueur,
Héros ! à vous toute âme se rallie
Et votre cœur fait palpiter tout cœur !

Croyez-le bien ! toujours notre mémoire
Conservera ce pieux souvenir !
Dans un bienfait on trouve aussi la gloire,
Et celle-là, bien douce à conquérir !
Plus tard, Messieurs, si le champ de bataille
Vous réservait un *exploit*... sérieux,
Oh ! du six mars n'oubliez pas la taille !
La charité descend aussi des cieux !

7 mars 1859.

A M. NUMA BOUCOIRAN.

NOCTURNE.

Tout repose dans la nature,
Moins le grillon et son murmure ;
Tout dort, ma belle, il est minuit !
La lune argente la vallée,
Le vent gémit dans la saulée ;
Oh ! Mathilde, la belle nuit !

Durant la nuit tout est mystère,
Amour, soupirs, voix de la terre !
L'homme sommeille, mais en lui
Le Ciel entre par un doux songe,
Illusion, divin mensonge
Que répand la main de la nuit !

Du soleil la brillante flamme
Durant le jour jette en mon âme
Une crainte qui l'éblouit ;
J'aime mieux la nuit étoilée,
J'aime mieux la lueur voilée
De la lune, astre de la nuit !

Le jour met à nu toute peine ;
Le jour est une lourde chaîne
Qui se brise quand Phœbé luit ;
Son doux rayon met en mon âme
Pour la guérir un doux dictame.
Oh ! mon Dieu ! merci pour ta nuit !

Tout repose dans la nature
Moins le grillon et son murmure ;
Tout dort, ma belle, il est minuit !
La lune argente la vallée,
Le vent gémit dans la saulée ;
O Mathilde ! la belle nuit !

19 juin 1838,

A Mme V^e Q.

A M^{mc} V^e Q.

INDULGENTIA.

Dieu vous pardonnera, vous les déshéritées,
Lamentables enfants dans le gouffre jetées,
Sans soutien, sans appui ; vous dont le lendemain,
Et la veille et le jour furent souvent la faim !

Dieu vous pardonnera la fatalité sombre,
Qui vous voila les yeux de sa dangereuse ombre,

Vous fit le vil jouet de toute passion,
Pour toujours et toujours mit dans l'exception
Vos cœurs, vos corps, vos bras qu'un dur apprentissage,
Ce travail incessant, brisa bien avant l'âge !
Il suffisait à peine à vos premiers besoins ;
Etiez-vous libres ? Non ! Pouviez-vous vivre au moins ?
Non ! Vous ne trouviez pas à ce labeur infâme
La liberté du corps, la liberté de l'âme !
Et comme de par Dieu vous aviez dans le cœur
Des aspirations de joie et de bonheur,
Que vous rêviez souvent d'une douce existence,
D'un plaisir, d'un repos, consolante espérance
Dont la réalité vous échappait toujours ;
Que vous ne pouviez pas, en de chastes amours,
Trouver le saint bonheur d'épouses et de mères ;
Que malgré la vigueur de vos efforts austères,
Autour de vous toujours l'horizon était noir ;
En vous a pénétré le sombre désespoir,
Et vous avez vendu, fiévreuses affamées,
Votre âme et votre corps, en vous croyant aimées !
Dieu vous pardonnera.....

26 juin 1858.

A M. DOSIAS.

A LA MUSE DE BÉRANGER.

Brise d'un doigt crispé la corde de ta lyre!
Etouffe ses accords! car ton poète expire!
Et la cloche des morts, par son lugubre son,
Domine tes refrains, muse de la chanson!

Que tes cheveux épars remplacent l'auréole,
Ornement de ton front, et que la banderole,
Où brillent les trois mots: Gloire, Génie, Amour,
En un long voile noir soit changée en ce jour!

Réunis pour sa mort tous les chants de sa lyre !
Conduis *le vieux sergent*, débris du grand empire,
Et l'homme qui, voguant près d'une île-tombeau,
Vit, le *cinq mai*, flotter un funèbre drapeau.

Amène les *deux sœurs* [1] que réunit saint Pierre ;
Fais paraître *Octavie*, et dis cette prière
Que lui dicta l'espoir en des cieux indulgents,
Alors qu'il s'adressait *au Dieu des bonnes gens*.

Adorateur constant de tout pouvoir en place,
Et qui sauta pour tous, convoque aussi *Paillasse!*
Indique-lui du doigt, mort dans sa pauvreté,
Son peintre, son censeur, qui pour rien n'a sauté.

Pour conjurer la mort évoque *la Bacchante*,
Et peut-être le feu de sa strophe brûlante
Pourra mobiliser l'immuable tombeau !
L'amour pourrait-il pas rallumer un flambeau ?

(1) Les deux Sœurs de Charité.

Près de sa fosse ouverte amène aussi *Lisette*,
Nymphe de ses chansons, sibylle du poète;
Qu'aux fleurs de la gaîté succèdent d'autres fleurs,
Et que son œil mutin soit arrosé de pleurs!

Fais passer devant nous cette dame *Grégoire*,
Egrillarde beauté qui donna... plus qu'à boire,
Et, pour se joindre à nous, engage *Frétillon!*
Fille un peu philosophe à mettre un cotillon.

Pleurons tous, car son vers chanta toujours la France;
Il peignit ses héros, leur sublime constance,
Et le peuple n'eut pas une corde du cœur
Qu'il ne l'ait fait vibrer d'espoir ou de douleur!

Son refrain est toujours celui de tous les âges;
Il est chanté par tous, par les fous, par les sages,
Et poète du peuple, au cygne de Tibur,
Il sera comparé par le siècle futur!

Unissons nos douleurs! la mort de ton poète
Est la douleur de tous! l'Europe le regrette;
La France, que son vers soutint, et l'étranger,
Que son vers combattit, pleureront Béranger!

4 août 1857.

A M. DUCHARME.

À LA JEUNESSE.

Jeunesse, c'est à toi que le siècle confie
  La garde austère de ses droits!
C'est sur vous que la main de Dieu même édifie!
  Jeunes gens, soyez forts et droits!

C'est en vous que l'idée a mis sa confiance!
  O gardiens! ne trahissez pas,
Par votre ambition, par votre indifférence,
  Ce qui fit de si beaux trépas!

Vos pères ont lutté contre la tyrannie ;
    Ils ont brisé les anciens dieux !
Vous êtes, aujourd'hui que leur tâche est finie,
    Vous êtes mieux partagés qu'eux !

Vous n'avez qu'à garder, vous n'avez qu'à défendre
    Des droits conquis péniblement ;
Ils ont eu l'incendie, et vous avez la cendre
    D'un gigantesque embrasement !

Des fleurs naissent toujours auprès du noir cratère
    Dont a cessé l'éruption ;
La cendre est un engrais qui féconde la terre,
    Et vous avez pour mission

De faire que les fruits semés par vos ancêtres
    Pour vous mûrissent sans retour !
Gardez-les bien ! pour eux ne soyez jamais traîtres !
    Le volcan peut gronder un jour !

Il peut gronder encor, vomir sur vous sa flamme,
    Vous ensevelir sous ses feux !
Oh ! souvenez-vous donc de la sainte et grande âme
    De vos pères, de vos aïeux !

Ne vous endormez pas ! ayez toujours en tête
    (Pourrais-je dire : Ayez au cœur !)
Le soin de maintenir la pénible conquête [1]
    Du siècle dernier, ce vainqueur !

Vos pères n'avaient rien que leur bouillant courage ;
    Ils foudroyèrent d'un éclair
Ancienne hypocrisie, abus et moyen âge [2],
    Et pour vous conquirent l'éther !

Pour vous ils ont signé l'acte de délivrance
    Qui vous rédime, vous leurs fils !
Oh ! respectez leur seing, et pour son échéance
    Ne demandez pas un sursis !

(1) Les libertés de 1789.
(2) Dans la nuit du 4 août 1789.

Pratiquez pour vertu la charité divine,
    Aimer est le trésor des cœurs ;
Vous êtes le printemps, votre âge vous destine
    A répandre partout des fleurs !

Jetez souvent au ciel un regard d'espérance !
    Croyez-en un Dieu de bonté !
Soyez bien convaincus que l'horizon immense
    Est par lui toujours habité ;

Que la terre n'est rien, et qu'au divin espace,
    Un jour, azurés, rayonnants,
Vous irez vous asseoir, ayant Dieu face à face :
    Récompense des forts, des grands !

Chassez de votre esprit toute pensée impure !
    Soyez moins sectateurs de l'or !
Croyez-vous tous les fils de la sainte nature ;
    Là se trouve le vrai trésor ?

Que votre cœur tressaille à tout fait héroïque !
    Mettez l'âme avant le corps vil !
Repoussez le plaisir quand il est impudique !
    Jeunes vieillards, qu'en reste-t-il ?

Un corps qu'appesantit la douleur avant l'âge,
    Une âme incapable d'effort ;
Rien d'humain, rien de grand, rien qu'un triste passage
    Entre la naissance et la mort !

Rappelez-vous le mot de l'ancienne noblesse :
    « Elle oblige ! » disaient les preux.
Vous avez bien plus qu'eux un ordre qui vous presse,
    Et cet ordre vous vient des cieux ;

Car vous représentez la pensée éternelle
    Du juste, du bien et du beau !
En vous est du progrès la divine étincelle ;
    N'en éclairez pas un tombeau !

Soyez de tout devoir l'ardente sentinelle !
    Ne mettez pas à le remplir
L'esprit d'exception qu'un vain orgueil recèle !
    Tout citoyen doit l'accomplir !

Et je vous le redis : le siècle vous confie
    La garde austère de ses droits.
C'est sur vous que la main de Dieu même édifie !
    Jeunes gens, soyez forts et droits !

    15 juin 1858.

A MLLE X***.

———

Quand je rêve d'azur, c'est que votre paupière
S'entr'ouvre et me transmet du ciel bleu la lumière ;
Quand je rêve de grâce, oh ! c'est vous que je vois !
Quand mon sommeil m'apporte un écho d'harmonie,
C'est que vos doigts charmants pressent l'ivoire unie .
Et des anges du ciel me transmettent les voix !

5 mars 1859.

———

A UNE AMIE.

———

Quand je rêve d'azur, ai-je dit ! mais un rêve
Est une illusion, bulle d'or qui s'élève
Et disparaît bientôt dans la nuit du sommeil,
Ta grâce, ton azur ne sont pas un vain songe ;
Et je puis, sans maudire un décevant mensonge,
Quand il s'agit de toi, voir venir le réveil !

7 mars 1859.

———

A M. L'ABBÉ H. D.

————

LUX PERPETUA.

————

Je rêvais un soir sous un hêtre ;
Le ciel était clouté de feux,
Et je me disais : O grand Être !
Serais-tu muet dans tes cieux ?

Ce torrent qui coule sans cesse,
Ce torrent d'hommes et de faits,
Que serait-il sans ta promesse ?
Que serait-il sans tes bienfaits ?

Que serait pour l'homme sa vie,
Sa constan'e aspiration,
Hélas! si son âme ravie
Ne trouvait que négation,

Que silence, que nuit obscure
Et que la pierre du tombeau?
Non! je le sens, de la nature
Ta lumière est le grand flambeau!

Ton souffle anime la matière,
Tu mets l'espérance en nos cœurs;
Et la nuit sombre de la terre
Est par toi changée en lueurs.

C'est ta main qui dirige l'onde,
Et de sable le moindre grain,
Qu'il se trouve en la mer profonde,
Qu'il soit poudre de mon chemin,

Se conforme à ta loi divine,
Et se voit emporté vers toi !
Tout est en Dieu, je le devine,
Et ne demande pas pourquoi.

17 juin 1858.

AUX ADORATEURS DE L'OR.

———

Vils troupeaux qui paissez dans la prairie humaine,
Hommes sans foi ni loi, sans amour et sans haine [1],
Pour qui l'honneur n'est rien, s'il n'aboutit à l'or,
Vous qui flattez le vice assis sur un trésor,
Soyez maudits!... Pour tout, indifférent et lâche,
Votre esprit ne comprend que s'enrichir pour tâche,
Et votre main flétrit tout homme convaincu,
Qui n'a pas toujours eu pour idole un écu!

[1] Le cœur qui n'a pas compris la haine ne saurait jamais comprendre l'amour.

13

Quand vous apercevez quelqu'un qui s'agenouille,
Vous souriez ; l'esprit qui dans l'avenir fouille,
Vous fait sourire encor ; votre foi ne voit rien
En dehors de l'argent, votre ignoble lien !
Rien ne vous parle au cœur ; la nature splendide,
Ses rayons, son azur n'ont pour votre œil avide
Que l'or pour but ; gagner est votre unique loi,
Mais souvent les moyens sont fort peu votre émoi !

Le soleil radieux, par sa couleur vermeille,
Ne présente à vos sens que sa clarté réveille,
Que l'or toujours ; le ciel serait muet et sourd,
Si votre main impie en un sac long et lourd
Ne pouvait convertir la prière hypocrite
Que vous y dirigez, race impure et maudite !

12 avril 1859.

AUX SŒURS AUGUSTINES

DE MOZAT-LÈS-RIOM.

—

Où puisez-vous pour vos âmes
Tant d'amour, célestes femmes !
Où puisez-vous, dites-moi,
Ce qui fait que la souffrance
Devient, par vous, l'espérance ?
Votre moyen est la Foi.

Où trempez-vous donc vos ailes
Pour chacun si maternelles
Dont rien n'arrête l'essor?
Votre eau pure est la prière,
Vous préférez à la terre
Le Ciel, votre seul trésor.

Vos cœurs espèrent sans cesse,
Vous comptez sur la promesse
Du Christ, le divin Sauveur,
Et du monde la vallée
Qui par tant d'ombre est voilée,
N'est pas pour vous le bonheur!

Vous ne l'effleurez de l'aile
Que quand la douleur cruelle
Dont votre frère est atteint,
Vous appelle, et d'un dictame
Vous sauvez le corps et l'âme,
Puis vers le ciel bleu soudain,

Vous vous envolez brillantes,
Et vos âmes triomphantes,
Qu'enflamme la charité,
Devant la divine face
Pour nous implorent la grâce
Dont votre cœur est doté.

De vous tout amour rayonne,
Vos doux fronts ont la couronne
Que Dieu leur mit de la main !
Vous êtes illuminées
Du feu des prédestinées !
Rien en vous ne reste humain !

5 juillet 1858.

A M. VICTOR HUGO.

A MES VERS [1].

Partez, mes vers, partez ! l'exil est chose amère !
En exil on bénit un murmure, le vent,
Un rien, quand il vous semble arriver de la terre
Vers laquelle, rêveur, on se tourne souvent !

Partez, et dites-lui, vous petits, vous infimes,
Vous que ma main traçait en essuyant des pleurs,
Que mon âme s'emeut pour de tristes victimes
Et que mon cœur ressent de poignantes douleurs !

(1) A propos d'un envoi de poésies.

Vous le rencontrerez peut-être solitaire,
Triste, sombre, le front sur la main appuyé,
Rêvant de son Paris, de sa France si chère,
Qui, malgré son exil, ne l'ont pas oublié !...

Oh ! si par vous ses yeux quittaient leur rêverie !
S'ils abaissaient sur vous un rayon de bonté,
En vous voyant chétifs, s'ils voyaient la patrie,
Si vous lui rappeliez Paris, la liberté !

Je vous pardonnerais votre extrême licence,
Et je te bénirais, muse, pour ce bonheur !
Partez toujours ! qui sait ? Vous lui venez de France,
Il trouvera peut-être en vous un peu de cœur !

30 mars 1859.

RÉPONSE DE M. VICTOR HUGO

A L'AUTEUR.

Hauteville-house, 22 juillet 1859.

Votre envoi, Monsieur, par je ne sais quel retard difficilement explicable, ne m'est arrivé que ces jours-ci.

J'ai lu avec un vif intérêt vos vers, empreints d'un sentiment si touchant et si noble, et c'est du fond du cœur que je vous en remercie.

Victor Hugo.

A M. VICTOR HUGO.

————

Vous, me remercier, vous le grand, moi l'infime !
Pour me tendre la main, descendre votre cime
Et mêler vos éclairs à mes pâles lueurs !
Vous, me remercier ! parce qu'un jour ma lyre
A, de votre grand cœur comprenant le martyre,
Voulu par quelques vers amoindrir les douleurs !

Que doit le chêne altier au modeste brin d'herbe,
Au ruisseau l'Océan, le sillon à la gerbe,
La voix à son écho, la face à son reflet?
L'aigle, ce roi des airs, de courtoise manière,
Descend-il de la nue et quitte-t-il son aire
Alors que dans les bois chante le roitelet?

Et vous avez pourtant bien accueilli ma muse !
Et quand devant vos yeux elle a paru, confuse,
Votre lèvre a souri d'un sourire divin ;
En faveur du motif de son pèlerinage,
Vous avez bien voulu lui confier un gage,
Souvenir qu'un trésor voudrait couvrir en vain !

Mais si vous m'avez fait cette faveur insigne,
Ce n'est pas, je le sens, que ma muse en soit digne,
Et je sais l'estimer à sa juste valeur ;
Il lui manque beaucoup, et si quelque mérite
A pu frapper vos yeux, c'est que mon cœur palpite
Et s'inspire toujours de tout noble malheur !

Oui ! vous avez compris ma pieuse pensée ;
Oui ! vous avez compris que mon âme brisée
Déplorait votre exil, déplorait vos douleurs !
Et qu'en vous adressant mes rimes, ô poète !
Un nuage d'ennui me couronnait la tête,
Un amer désespoir mouillait mes yeux de pleurs !

Car votre poésie a bercé ma jeunesse,
Car *Hernani*, *Carlos*, impériale altesse,
Dona Sol, *Ruy Gòmez*, le noble Castillan ;
Ruy Blas et *Marion*, *Didier* au cœur de flamme,
Ont de leur souvenir trop pénétré mon âme
Et tracé dans ma tête un sillon trop brillant !

Car j'ai trop feuilleté vos *rayons et vos ombres*.'
J'ai trop relu vos chants *des crépuscules sombres* !
Poétiques accents, mystérieuses voix,
Pour oublier que si, dans mon âme saisie,
A pu briller enfin un peu de poésie,
C'est à vous, barde saint, à vous que je le dois [1],

(1) Et à M. de Lamartine, comme vous révélateur, créateur presque
de la poésie au dix-neuvième siècle,

Recevez donc ces vers que ma muse m'inspire !
Recevez ces accents, tristes chants de ma lyre !
Réservez-leur encor un gracieux accueil !
Ils sont l'expression de ma reconnaissance !
Hélas ! pauvres oiseaux ! ils arrivent de France
Et cherchent, fatigués, l'abri de votre seuil !

6 août 1859,

RÉPONSE DE M. VICTOR HUGO

A L'AUTEUR.

Hauteville-house, 12 août 1859.

Nouveaux remercîments, Monsieur, pour les beaux et nobles vers que je reçois et qui me semblent encore pleins des souffles de l'Océan.

L'exil vous inspire, mais trouvez aussi tout simple qu'il vous remercie. Je vous envoie pour cette noble récidive mon plus cordial serrement de main.

Victor Hugo.

À M. ALEXANDRE TARNOWSKI.

LE PRÊTRE.

I.

Quand je vois un prêtre qui passe ,
Se rendant au pied de l'autel ,
Je me demande si ta grâce
Est en lui répandue , ô Ciel !
Si , pour aborder ce mystère ,
Qui recèle tant de lumière ,

Il a bien dépouillé son cœur
De tout ce qui tient à la terre ;.
Si de son sacré ministère
Sa conscience a la hauteur !

Car sa main offre un sacrifice
D'où tout amour doit rayonner,
Car il verse dans le calice
Le sang qui nous fait pardonner !
Si sa bouche est peu préparée,
Par une parole sacrée,
A conjurer l'esprit divin,
Sa prière est un anathème,
Et du démon la face blème
En poison vient changer le vin !

Le pain n'est plus un pur dictame,
Il devient un mets de l'enfer ;
Il n'est plus ce qui nourrit l'âme,
Par Satan même il est offert !
Le Très-Haut se voile la face,
De ses plis un serpent enlace

L'or des pilastres de l'autel !
Tous les anges quittent la terre,
Du saint lieu s'éteint la lumière !
Toute grâce remonte au ciel !

II.

Mais quand du saint prêtre qui passe
S'exhale un parfum de l'autel,
Quand Dieu l'a couvert de sa grâce,
Alors il nous ouvre le ciel !
Son cœur détaché de la terre
Fait briller en nous la lumière
Qu'il emprunte au sacré parvis !
Ce n'est plus un homme qui passe,
C'est de Dieu le vrai *porte-grâce!*
Il tient les clefs du paradis !

Le vin qu'il met dans le calice
Est le remède de l'esprit ;

Le pain qu'il offre en sacrifice
Devient le corps de Jésus-Christ !
Ce sang pur, versé pour le monde,
De pure extase vous inonde !
Chacun se sent au ciel porté !
Car la prière de cet homme
Qui lève les bras vers un dôme
Montre à tous le Ressuscité !

Le Très-Haut découvre sa face,
Et les colonnes de l'autel
Sur lequel tout crime s'efface,
Fument d'un encens solennel
Satan fuit devant la lumière,
Qui descend du Ciel sur la terre,
Les anges chantent : Gloire aux Cieux !
Chrétiens ! voilà le Fils de l'Homme !
Et du porche jusques au dôme,
S'exhale un chœur mélodieux !

29 mai 1858.

A M. GÉNOT.

PAN THÉOS.

Qu'est Dieu? Le grand Esprit qui domine le monde,
Rayonne dans les cieux, fait se soulever l'onde,
Qui mugit dans les airs, frissonne dans les bois
Et donne à tout ici ses éternelles lois.

Qu'est l'homme? Un pur reflet de l'essence divine.
Il est plus près du ciel, et son âme domine
Celle de l'animal que couvre l'ombre encor,
L'animal, du Très-Haut cet incomplet effort.

La plante vient après, et le rocher inerte,
Qui présente au soleil sa chevelure verte,
Complète cet ensemble, immuable, éternel,
Qu'inspire la nature et que couvre le ciel!

Immense trilogie, admirable système,
Où l'on sent Dieu partout, où l'on voit son doigt même,
Montrer à tous le but dont nul n'est excepté,
Où tout progresse en lui vers son éternité,
Monte, revient, descend pour revenir encore,
Devient tantôt la nuit, devient tantôt l'aurore,
Et qui, nuit ou lumière, a toujours son chemin
Tracé vers l'infini, cet océan divin!

26 mai 1858.

A M. FÉLIX JOUVET.

————

A LA MÉDITERRANÉE.

————

J'aimais ton onde bleue, ô ma belle adorée!
Je l'aimais, quand le soir, sous la voûte azurée,
    Brûlante des feux de l'éther,
Je pouvais l'admirer déferlant sur la pierre,
Où je me concentrais, rêveur, presque en prière;
    Qu'est devenu ce temps, ô mer?

14

La nature partout est belle; une vallée
Couverte d'arbres verts et de fleurs étoilée
        Me sourit; mais que j'aime mieux
Ton horizon immense et ta vague splendide,
Quelquefois ton cristal si pur et si limpide
        Qu'on y peut contempler les cieux!

Le troupeau qui bondit, l'oiseau dans le feuillage
Et les fleurs et les fruits, à rêver tout m'engage!
        Je me sens porté vers le ciel,
Quand à demi couché dans une forêt sombre,
Je m'entends entouré de tous les bruits sans nombre,
        Murmure sourd et solennel,

Que l'insecte doré fait quand le soleil brille,
Le rossignol caché dans l'épaisse charmille,
        Le rameau qu'agite le vent,
Le bûcheron qui fend de sa hache sonore
Le grand chêne abattu, les larmes de l'aurore
        Qui tombent au soleil levant!

La terre est somptueuse; oh! mais que je préfère
Aux monts, aux bois, aux prés, cette féconde mère
  De Vénus, la fille des flots;
Cette mer qui reflète un million d'étoiles,
Où d'un vaisseau superbe on voit passer les voiles
  Que hissent d'ardents matelots!

Que le vent te soulève ou bien que le zéphire
Accompagne ton flot qui sur la plage expire,
  A toi ma contemplation,
Grande mer, car je vois sur ton onde mouvante
Et de l'homme et de Dieu l'union triomphante,
  Des deux forces l'expression!

J'aimais ton onde bleue, ô ma belle adorée!
Je l'aimais, quand le soir, sous la voûte azurée,
  Brûlante des feux de l'éther,
Je pouvais l'admirer déferlant sur la pierre
Où je me concentrais, rêveur, presque en prière;
  Qu'est devenue ce temps, ô mer!

4 juin 1858.

A DEUX MARGUERITES.

C'est le jour de Marguerite,
C'est elle qu'on fête au ciel !
Allons, muse, dis-moi vite
Quelques vers doux comme miel !
Dis-moi, ce que d'une mère,
Si Dieu cède à ma prière,
Je voudrais pour le bonheur !
Ne m'inspire rien qui sente
Ce qu'avec peine on enfante;
Que tes vers coulent du cœur !

14*

Mais tu connais la fillette
Que j'aime bien, Dieu merci !
Demain est son jour de fête,
Je veux la chanter aussi !
Comment pourras-tu donc faire
Pour m'inspirer, muse chère !
Des vers qui, sans trop hurler,
Puissent plaire à la vieillesse,
Convenir à la jeunesse
Et sans crainte se mêler ?

Pourront-ils peindre des roses
Qui comptent douze printemps,
Et sans trop fausser leurs doses,
Peindre soixante-seize ans ?
De toi j'attends le mélange
Qui, pour la sainte et pour l'ange,
Du Très-Haut puisse obtenir
Ce qui d'un fils, pour sa mère,
Et pour sa fille, d'un père,
Pourra combler le désir !

Mais que dis-je? ma palette
Pour cela n'a pas besoin
De s'enquérir inquiète
Et d'aller chercher bien loin ;
Un seul mot, grande synthèse,
La met, ma foi ! bien à l'aise ;
Et ce mot sera toujours,
Pour toi, ma fillette chère,
Pour vous, excellente mère,
L'union de deux amours !

19 juillet 1858.

—

CHANSON.

—

Bien souvent l'homme se pare
D'un masque bon et loyal ;
Voyez-moi ce vieil avare,
Quel air charmant, jovial !
Il vous parle avec tendresse,
Sa main vous fait la promesse
Que fait un ami fervent !
Quant à moi, je n'y crois guère,
Et je n'y vois que poussière
Qu'au loin emporte le vent,

Bien souvent femme qu'on aime
Comprend bien peu votre amour ;
Aux pieds de Jésus lui-même
Elle vous a fait un jour
Un doux serment de constance,
Qui vous donne l'espérance
D'être aimé !... Voyez souvent
Comme cette flamme tombe !
L'amour meurt, et sur sa tombe
L'on entend gémir le vent !

Et quand l'aveugle fortune
Vous prodigue ses faveurs !
L'amitié vous importune,
Vous possédez tous les cœurs !
Chacun près de vous s'empresse,
On vous choie, on vous caresse ;
Mais qu'arrive-t-il souvent ?
Vous tombez dans la misère,
Et chacun, pensée amère !
Vous fuit prompt comme le vent !

C'est ainsi que va le monde !
Qui pourra le réformer ?
Malgré ma douleur profonde,
Je n'en veux pas moins aimer !
Oui ! je pense que la vie
Sans amour fait peu d'envie !
Aimons toujours..... et souvent !
Et plus tard, au cimetière,
Quand on portera ma bière :
« Il aimait ! » dira le vent !

18 juin 1858.

A M. A. DE LAMARTINE.

———

Nous subissons le temps et son cours si rapide;
Il est troublé pour l'un, pour l'autre il est limpide;
    Et nous entraîne tous, pourtant !
Nous allons, emportés vers l'éternité sombre,
Des hommes disparus déjà, grossir le nombre
    Et nous fondre dans le néant !

15

Mais, pareil au torrent dont le courant entraîne
Sur d'autres continents une féconde graine,
Le temps contient pour l'avenir,
De quelque illustre mort, le nom plein de lumière,
Exemple glorieux, souvenir tutélaire,
A nos neveux qui doit servir !

Le vôtre est l'un de ceux dont la France s'honore;
Les siècles à venir par lui verront éclore,
Au sein des générations,
La grandeur, la vertu, la gloire, et tout poète
En lui pour du Parnasse essayer la conquête,
Prendra ses inspirations !

31 décembre 1858.

RÉPONSE DE M. A. DE LAMARTINE

A L'AUTEUR.

MONSIEUR,

Ce n'est pas mon temps à moi qui est limpide, mais vos vers le purifient dans mon cœur; les sentiments m'en charment autant que la forme. Recevez mes remerciements de poète et ma reconnaissance de compatriote (1).

De petites gouttes de poésie n'épuisent pas, mais parfument les eaux d'amertume.

LAMARTINE.

2 janvier 1859.

(1) M. de Lamartine raccourcit un peu trop, en faveur de l'auteur, la distance qui sépare la *Bourgogne* du *Languedoc*.

FIDES.

Pas de belle action sans Foi ! la Foi, c'est l'âme !
 Elle est pour nous le grand flambeau
Dont la vive clarté jette en nos cœurs la flamme
 Qui chasse la nuit du tombeau !

Qui nous montre au-dessus de ce lieu de misère
 L'azur brillant et pur des cieux?
Qui nous porte en esprit au-delà de la terre
 Et pour nos cœurs ouvre nos yeux?

Sans la Foi, rien de grand ! sans la Foi, rien de stable !
    L'homme sans elle est infécond !
A peine a-t-il agi, que le temps, divin sable,
    Le couvre d'un oubli profond !

Ce qui fait aboutir, c'est la Foi ! la nuit sombre
    Empêche tout progrès humain
De briller au grand jour, s'il n'a, pour vaincre l'ombre,
    Pris de la Foi la torche en main.

Qu'eurent tous les héros pour jeter sur le monde
    Un éclat si prodigieux ?
Qu'avait le grand *Colomb*, quand au-delà de l'onde
    Il cherchait l'inconnu des yeux ?

Galilée à genoux expiant sa science ;
    Abeilard, le penseur profond ;
Jean Huss que le bûcher dévorait à Constance ;
    Guttemberg rêvant sur du plomb ;

La vierge *Janne d'Arc* en délivrant la France ;
  Louis Neuf mourant saint et roi ;
Les Huguenots luttant contre l'intolérance ;
  Que défendaient-ils, dites-moi ?

Qui soutenait *Bailly* prêtant au Jeu-de-Paume
  Le serment que chacun connaît ?
Qui soutenait tous ceux que dans l'histoire on nomme ?
  C'est la Foi qui les soutenait !

Quel souffle créateur de la grande Gironde
  Inspirait les nobles enfants ?
Qui poussait au combat ces conquérants du monde,
  Ces soldats toujours triomphants ?

Vous, hommes généreux, amants de toute idée,
  Philosophes, penseurs profonds ;
Vous, dont l'âme, toujours vers le progrès guidée,
  A trouvé, malgré les affronts,

Pasteurs d'hommes, héros, qui dans votre carrière
  Vous guidait ? oh ! dites-le moi !
N'aviez-vous pas toujours au cœur une lumière
  Sur la lèvre un acte de Foi ?

Hommes, croyez ! hommes, croyez, car la Foi sauve !
  Elle fait l'homme grand et fort !
L'homme n'est rien, alors que de son regard fauve
  Il ne voit partout que la mort !

Pas de belle action sans Foi ; la Foi, c'est l'âme !
  Elle est pour nous le grand flambeau,
Dont la vive clarté jette en nos cœurs la flamme
  Qui chasse la nuit du tombeau !

11 juin 1858.

À M. AUGUSTE LARBAUD.

—

LA PRIÈRE.

—

La Prière n'est pas l'impassible murmure,
Le vain chuchotement où le cœur n'est pour rien ;
La Prière n'est pas se grimer la figure ;
Non, car prier ainsi flétrit ce pur lien !

La Prière est du cœur une extase divine,
La douce expansion de l'homme vers les cieux,
Le langage de l'âme, alors qu'elle domine
La fange de la terre en rêvant d'autres lieux !

Un soupir lui suffit; l'éclair est moins rapide
A descendre du ciel, qu'elle pour y monter;
L'éther bleu n'est qu'un pas pour son espoir avide,
Et de la terre aux cieux rien ne peut l'arrêter !

Admirer les prés verts, les bois, l'eau qui murmure,
C'est prier; la Prière aime toute beauté !
Malheur donc au cœur froid qui devant la nature,
Ce reflet du Très-Haut, n'a jamais palpité !

Aurait-il, celui-là, de sa main décharnée,
Usé tous les feuillets d'un vieux livre jauni;
Aurait-il fait glisser durant toute une année
Les grains d'un chapelet par un prêtre béni;

Il n'aura pas prié, car la sainte Prière
N'est pas un vain murmure où le cœur n'est pour rien,
Un livre, un chapelet, faits de vile matière;
Non, car prier ainsi flétrit ce pur lien !

10 septembre 1859.

LA CONSCIENCE.

L'homme possède en lui le miroir de son âme ;
Il se connaît, il sait qu'une action infâme
Le fait déchoir ; il sait qu'une belle action
Provoque vers le ciel son élévation.

Cet intime miroir s'appelle *conscience !*
On s'y juge souvent avec indifférence ;
L'intérêt, ce bandeau, le voile bien souvent ;
Mais son reflet vainqueur à personne ne ment,

S'il le consultait bien, l'homme serait un ange ;
Il pourrait séparer, et purs et sans mélange,
Le bien du mal, l'honneur de tout acte félon ;
Mais un démon le tient sous son manteau de plomb ,
Garrotté, pieds et poings liés ; ce monstre immonde ,
C'est la faim, c'est la soif, c'est l'argent, c'est le monde !

31 mai 1858.

QUESTION.

Si je réalisais un jour mon plus doux rêve,
Si je le revoyais ce Paris, qui soulève
En mon cœur ulcéré ses souvenirs de feu,
Ce jour-là, si, prenant en main tout mon courage,
Près de vous, je faisais un saint pèlerinage,
Ainsi que le croyant qui visite son Dieu,

Me tendriez-vous la main, à moi, poète infime?
Pour moi descendriez-vous de votre auguste cîme?
Voudriez-vous accueillir mes pas audacieux?
Me diriez-vous : « Entrez, mon fils en poésie ! »
Et rassurant l'effroi de mon âme saisie,
En m'ouvrant votre cœur, m'ouvririez-vous les cieux?

Voudriez-vous accepter de ma muse ravie
Les vers que, pour dorer tout le fer de ma vie,
Le Ciel a bien voulu faire luire en mon cœur;
Et dans votre bonté pour ces chants de ma lyre,
Vous résigneriez-vous à m'entendre vous lire,
De mes malheurs cuisants, le remède vainqueur?

Car, brisé par le sort d'une façon cruelle,
J'ai voulu désarmer la fortune rebelle.
Et j'ai quitté la terre en regardant les cieux;
La muse au front d'azur a calmé mes alarmes,
Et prenant en pitié mes douloureuses larmes,
M'a rendu le bonheur et m'a séché les yeux !

Sa main a fait en moi vibrer la corde sainte,
Qui met un chant d'amour où gémissait la plainte,
Et je n'ai plus maudit, mais rendu grâce au Ciel
Pour m'avoir révélé qu'ici-bas tout est ombre,
Et que la vie humaine est un dédale sombre,
Où la bouche souvent pour breuvage a le fiel !

Que la terre est de sang et de larmes pétrie,
Qu'elle n'est qu'un exil, et que notre patrie
Est cet océan bleu d'où nous vient tout amour !
Si bien que, dédaigneux, j'ai secoué mes ailes,
Et, mon âme atteignant des régions nouvelles,
Aux ombres de la nuit a succédé le jour !

Les malheurs quelquefois sont de divins dictames ;
Souffrir vient bien souvent purifier nos âmes
Et dépouiller nos yeux de leur grossier bandeau !
Le bonheur est la nuit ! le malheur, la lumière !
Que serait l'homme, hélas ! si jamais la prière
Ne pouvait dans son cœur allumer un flambeau ?

Sans eux jamais ma main n'aurait touché de lyre;
Sans eux jamais ma voix, cédant à son délire,
N'aurait chanté les cieux, la nature, l'amour;
Mes yeux n'auraient vu rien au-delà de la terre,
Et mes sens, enchaînés par sa lourde atmosphère,
Vers le céleste azur n'auraient eu leur retour !

Et je les bénirais d'autant plus, ô poète!
Si, pour changer mes jours de deuil en jours de fête,
Vous me tendiez la main et me disiez : « Entrez ! »
Ma muse aurait aux yeux des larmes d'allégresse,
Car elle tient de moi la bien douce promesse
D'être chez vous admise et de vous voir de près !

24 mai 1859.

RÉPONSE DE M. A. DE LAMARTINE

A L'AUTEUR.

A porte ouverte et à cœur ouvert !.....

LAMARTINE.

26 mai 1859.

A M. JULES SOULIÉ.

—————

RAYON.

————

J'aime à voir, au détour d'une ruelle sombre,
Alors qu'autour de moi tout est plongé dans l'ombre;
Que partout le sommeil appesantit les yeux,
S'échapper un rayon, reflet religieux !

Là, me dis-je, peut-être est une vierge pure,
Ployant sous le travail sa cruelle torture;
Un père, qu'encourage en son constant labeur,
Le berceau qui contient son espoir de bonheur !

Un savant accroupi sur un sombre problème,
Un poète rêvant sur un divin poème,
Un mort peut-être au pâle front, aux yeux éteints,
Que veille l'amitié!...

           Que de mystères saints
Célébrés en silence, ainsi dans la nuit sombre!
Que de maux ignorés, que de douleurs sans nombre!
Que d'exaltations, d'espoirs, d'abattements
Sont éclairés la nuit par ces rayonnements!...

    2 novembre 1859.

MERCI !

Quand à l'obscurité succède la lumière,
Et qu'un rayon béni vous inonde d'azur,
Quand à l'homme brisé par sa dure misère,
Se présente un trésor où foisonne l'or pur ;

Quand à l'amant heureux apparaît sa maîtresse,
Charmante vision de désirs et d'amour,
Quand le bouillant guerrier que le courage presse
S'endort tout frémissant des triomphes du jour ;

Quand la charité sainte a tari quelque larme,
Que sa divine main, pour calmer la douleur,
A placé l'espérance où frissonnait l'alarme,
Et soulagé d'un mot les tortures d'un cœur ;

Jamais ces souvenirs peuvent-ils, comme une ombre,
Glisser, et ne laisser plus de trace après eux,
Sont-ils pas le flambeau qui, dans tout chemin sombre,
Est chargé de tracer un sillon lumineux ?

Oui ! le rayon, l'or pur, l'objet aimé, la gloire,
Un pieux souvenir de douce charité,
Viennent parer d'azur toute poignante histoire,
A tout cœur mis aux fers rendre sa liberté !

Ainsi de moi j'aurai toujours dans la pensée
(Céleste talisman pour mon triste avenir !)
Que ma main fut un jour par la votre pressée ;
Quel trésor pour mon cœur vaudrait ce souvenir ?

Je me rapppellerai qu'un jour votre génie
Si gracieusement est descendu des cieux ;
Que vous avez daigné mêler votre harmonie
A mes faibles accents dans la langue des dieux,

Et quels que soient les coups que le sort me réserve,
Quels que soient les malheurs dont il me frappe encor,
Oh ! je ne les crains pas, car mon âme conserve,
Par vous, ce qui pourra contre eux me rendre fort !

22 juin 1859.

RÉPONSE DE M. A. DE LAMARTINE

A L'AUTEUR.

MONSIEUR,

J'ai reçu la lettre et les vers ; votre cœur est tout entier dans la lettre, votre talent dans les vers. Laissez-moi vous remercier des efforts bienveillants que vous voulez bien faire pour la propagation de mon travail (1) , et vous renouveler mon amitié.

> LAMARTINE.

P. S. Tout ce que vous ferez sera bien.

(1) L'histoire d'Alexandre-le-Grand.

A UNE AMIE.

Le printemps suit l'hiver et fait naître les roses ;
    L'été suit le printemps vermeil ;
L'automne au front jauni prédit aux fleurs écloses ;
    L'hiver pour elles le sommeil !

Mais en mon cœur toujours le doux printemps rayonne
    Et pour toi ses fleurs ont toujours
La couleur, le parfum, l'éclat, pure couronne,
    Qui pare le front des amours.

20 septembre 1859.

A MLLE X.

Ainsi vous conviez ma muse
A se mêler à vos accords ;
Elle est de cet honneur confuse
Et se sent presque des remords ;
Rassurez-la, Mademoiselle,
Prenez-la sous votre tutelle,
Faites qu'Euterpe de son aile
La soutienne dans ses efforts,

A Mlle X.

Ce soir donc nous tendrons l'oreille
A vos accords mélodieux,
Et nous aurons pour leur merveille
Un sentiment religieux ;
Que seraient les vers sans la lyre ?
Auraient-ils ce qui les inspire ?
Du poète le saint délire
Verrait-il, sans elle, les cieux ?

15 avril 1858.

A UNE MARIE

A PROPOS DU 15 AOUT 1859.

Marie ! oh ! quand ce nom vient m'effleurer l'oreille,
Combien de sentiments en mon âme il réveille !
    En effet, ne contient-il pas
Tout l'idéal conçu par l'humaine nature ?
Ne tient-il pas du Ciel lui-même sa parure ?
    Et quel nom l'égale ici-bas ?

Il est si pur, que Dieu, se voulant une mère,
Lui choisit ce beau nom ; en lui tout est lumière ;
　　　Il symbolise tout amour !
Quand il est prononcé, tout mot humain s'efface ;
Et quand il est écrit, sous la main qui le trace
　　　Toute nuit se transforme en jour !

Et ce nom est le tien, et ta sainte patronne
Se trouve, à pareil jour, assise sur son trône,
　　　Entouré d'anges à l'œil bleu,
Qui, gracieux essaim voltigeant autour d'elle,
Remplissent de leurs chants la demeure éternelle,
　　　Où l'a mise la main de Dieu ;

Et je joins aujourd'hui mes vers à leur louange !
Ma muse est, j'en conviens, bien moins pure qu'un ange,
　　　Et son front n'a rien de divin !
Mais j'ai pourtant au cœur un amour si sincère,
Que Dieu ne voudra pas, de brutale manière
　　　Me laisser le prier en vain.

Ils le conjureront de te rendre la vie
Aussi belle aussi douce, aussi digne d'envie,
    Que celle que l'on trouve au ciel;
De détourner de toi toute douleur amère
Et de te réserver, à toi qui m'est si chère,
    Le bonheur, ce céleste miel!

14 août 1859.

A RENÉ COSTE

(ET PLURIBUS ALIIS).

TOURNOËL.

Le ciel était brumeux ; trop humide symptôme,
Le vent nous arrivait tout droit du puy de Dôme.
La pluie était à craindre ; et pourtant, mes amis,
Nous avons, méprisant toute mauvaise chance,
Résolu de partir..... (nargue de la prudence !)
Et nos vivres au sac ont été bientôt mis.

Que nous avons bien fait ! Se posant en oracles,
Bien des gens nous disaient qu'au ciel maintes débâcles,
Océans suspendus, nous feraient repentir
D'avoir bravé du temps la menace orageuse.
Oh ! malgré ces avis d'humeur par trop peureuse,
Que nous avons bien fait, mes amis, de partir !

Aurions-nous pu , prêtant une docile oreille
A de vaines terreurs, contempler la merveille,
A nos regards surpris, offerte par le ciel :
Nohanent et *Sayat*, *Volvic* le pittoresque,
D'où nos pas , s'égarant, et sans fatigue presque,
Nous ont si mollement conduits à *Tournoël ?*

Aurions-nous, redoutant un fantastique orage,
Visité cette tour, monumentale page,
Qu'écrivirent jadis la pierre et le marteau ;
Ce château féodal qu'un prestige environne,
Tous ces débris épars d'un grand fief à couronne,
Dont l'homme et le progrès ont fait un grand tombeau ?

Aurions-nous admiré cet horizon immense,
Océan de verdure, où le regard s'élance,
Et peut se projeter jusqu'aux monts du *Forez;*
Panorama superbe, où l'art et la nature,
En mêlant, pour les yeux, leur magique parure,
Et de l'homme et de Dieu semblent s'être inspirés !

Pensez-vous, qu'étalant nos mets sur une table,
Ailleurs nous eussions pu, d'un appétit semblable
A celui qu'à *Volvic*, ayant provision,
Mieux engloutir que là, dans nos gosiers avides,
Notre agreste menu ; que nos dents plus rapides
Eussent, de mieux mâcher, rempli leur mission?

Non ! bénissons le ciel de son azur sans tache;
Une course, messieurs, fût-elle, que je sache,
Plus que celle d'hier, servie au grand complet
Par les faveurs de Dieu, le beau temps, la verdure,
Une franche amitié, sensation si pure,
La gaité, l'appétit?... Citez-la, s'il vous plaît;

17

Vous pourriez oublier cette bonne fortune,
Et je ne le veux pas; cette feuille importune
Vous la rappellera... peut-être, mes amis;
Oubliez-en l'auteur, mais que votre mémoire,
En faveur du motif la trouve méritoire,
Et m'absolve des vers que pour ce j'ai commis !

17 mai 1858.

A M. VICTOR HUGO.

PRIÈRE.

Rentrez donc, écoutez la voix qui vous rappelle !
Le temps réparateur guérit tout de son aile ;
Rentrez ! Pourquoi toujours vivre proscrit ainsi ?
Pourquoi toujours languir sur la terre étrangère ?
La France vous attend, la France est votre mère,
Et tant de nobles cœurs vous réclament ici !

Malgré tout, la patrie est toujours la patrie !
L'ange consolateur de toute âme marrie,
Le fidèle miroir des plus chers souvenirs,
La tombe des aïeux, le berceau de l'enfance ;
Son nom fait en tout cœur rayonner l'espérance,
Et malgré les passés, dore les avenirs !

L'air y paraît plus pur, le soleil y rayonne
Plus flamboyant qu'ailleurs ; l'été, de sa couronne,
Semble bien plus qu'ailleurs y répandre les fruits ;
Le vent semble y gémir d'une façon connue ;
Quand le rauque Océan se dresse vers la nue,
Chacun découvre un sens à ses immenses bruits !

Et qu'est-elle pour vous, poète au cœur de flamme ?
Un foyer qu'attisa toujours votre grande âme,
Un piédestal géant d'où votre grande voix,
Tonnante, s'adressait à la foule idolâtre ;
Pour vous, son grand acteur, un immense théâtre,
Où vos accents divins la charmaient autrefois !

Revenez donc enfin, revenez, ô poète !
Paris vous tend les bras pour ce beau jour de fête ;
Oh ! ne méprisez pas un mot de liberté !
Rentrez ! devant vos pas tombe toute barrière ;
Des sandales d'exil secouez la poussière,
Reprenez le chemin de la grande cité !

Et si je le pouvais, si ma plume oppressée
Osait vous retracer une sombre pensée,
Je vous dirais qu'ici l'immuable cercueil
Contient d'un coup fatal la preuve douloureuse,
Et qu'il est temps enfin que votre main pieuse
Vienne encore y placer un souvenir de deuil !

Oh ! la mort vous conjure, oh ! pitié, je vous prie !
Pour *elle* [1] au moins pitié ! sinon pour la patrie ;

---

[1] Sa fille, Mme Vacquerie, qui périt si malheureusement à Ville-
quier, en 1841.

Faites bruire encor d'un pas religieux
La feuille qui jaunit tous les ans sur sa tombe ;
Voilà bientôt huit fois qu'en silence elle tombe,
Et que nul n'a prié dans ces funèbres lieux !

23 août 1859,

S'IL NE REVENAIT PLUS !

Il a dit non !... lié par un serment austère,
Il persiste à rester sur la terre étrangère,
  Et fait taire son cœur !
Je respecte, ô mon Dieu ! cette fermeté sainte ;
Un devoir accompli donne à tout son empreinte
  De céleste grandeur !

Mais il me vient, hélas ! une triste pensée !
De la fatalité, cette sombre insensée,
    Peut-on prévoir les coups ?
Muette, elle suspend sur toute tête un glaive,
Et sa cruelle main quelquefois nous enlève
    Les plus grands d'entre tous !

Oh ! si l'exil pour *lui* voyait s'ouvrir la tombe !
Si, pareil au soldat fatigué qui succombe,
    Il ne revenait plus !
Un jour, si l'Océan, de sa voix solennelle,
Nous disait : Il est mort ; ô douleur éternelle !
    O regrets superflus !

S'il tombait, éloigné de Paris, de la France,
Tout frémissant encor d'amour et d'espérance,
    Ainsi qu'au champ d'honneur ;
Si les muses en deuil, de longs voiles couvertes,
Parcouraient les vallons et les plages désertes
    De ce lieu de douleur !

Honte sur nous ! son île, ainsi qu'un sanctuaire,
Aurait du moins sa lampe et sa vive lumière,
        Phare de l'avenir !
Son nom serait sacré par la main de l'histoire ;
Nos petits-fils auraient pour elle en leur mémoire
        Un pieux souvenir !

Et nos voix maudiraient la fidélité sombre,
Qui, d'un grand citoyen brisant les jours dans l'ombre,
        Nous vaudrait ce malheur !
Et nos fronts rougiraient en pensant que sa mère
N'a pu de son cercueil mis en un coin de terre,
        Avoir l'insigne honneur !

17 septembre 1859.

A M. A. DE LAMARTINE.

SOUVENIR.

M'avez-vous oublié? Le temps, qui tout emporte,
Aurait-il effacé qu'un jour à votre porte
J'ai frappé, palpitant de crainte et de bonheur?
Ne vous souvient-il plus qu'ainsi que votre cœur,
Vous me l'avez ouverte, ô poète que j'aime!
Et que, pour rassurer l'émotion extrême
Dont frissonnait le mien, à moi pauvre inconnu,
Vous avez dit : « Entrez! soyez le bien-venu! »

C'était en juin ; Paris me paraissait en fête ;
Le soleil rayonnait ; mon cœur battait, ma tête
Se dressait fièrement, et tout autour de moi
Semblait me dire : Eh bien! tu vas donc le voir, toi!

O souvenir doré d'éternelle mémoire!
Bienfaisante oasis de mon aride histoire!
Etoile de ma route et rayon de ma nuit,
Toi qui toujours en moi, comme un flambeau qui luit,
Eclaireras mon cœur, ô jour digne d'envie!
Sois béni comme l'un des plus beaux de ma vie!

31 décembre 1859.

GUERNSEY. — SAINTE-HÉLÈNE.

Oui ! la terre est pour vous trop étroite, ô poète !
Il vous faut l'infini de la mer et des cieux ;
Il vous faut l'éther pur, il vous faut la tempête
Pour battre et colorer votre roc glorieux !

Quand Dieu veut consacrer un nom, sa main le frappe,
Et, brisé, le présente aux générations ;
À ce geste divin pas un héros n'échappe ;
Tout grand cœur doit subir ces flagellations !

Si le grand empereur qui lassa la victoire
N'avait eu son rocher, son exil, son bourreau,
Son île eût-elle été le sacrum de la gloire,
Et son nom, quoique grand, eût-il été drapeau !

Non ! souffrir, c'est grandir ! ainsi, de vous, poète !
L'exil vous recommande à la postérité ;
L'histoire vous attend, votre couronne est prête ;
Votre nom a conquis son immortalité !

Sainte-Hélène ! Guernsey ! deux îles et peut-être
Deux tombes, dont la mort aura fait deux autels !
Trépieds, où la Pitié brûlera, divin prêtre,
Et toujours, et toujours, des parfums solennels !

Mais s'il est glorieux de vaincre à main armée,
Si le sang quelquefois, en changeant de couleur,
Se transforme en azur ; si, par la renommée,
A tel grand meurtrier est réservé l'honneur,

Oh! combien j'aime mieux la victoire sereine
Du savant absorbé, du poète rêveur,
Qui, jetant un rayon sur la pensée humaine,
Triomphent seulement par les armes du cœur!

Combien plus flamboyants je trouve dans l'histoire
Socrate qu'*Alexandre* et *Caton* que *César!*
Qu'a rapporté des uns la valeur dérisoire,
Fait brutal qu'a fait naître et brisé le hasard?

Rien! que du sang versé, des larmes répandues,
Des cris de désespoir et de sombres tombeaux,
Charniers, où la douleur des mères éperdues
Disputa leur pâture aux voraces corbeaux!

Rien! que pour l'avenir les justes représailles
Qui, rompant des traités imposés aux revers,
Forçent à recourir à ce jeu des batailles,
Où vainqueurs et vaincus gagnent souvent des fers!

Aussi bien, quand le temps aura plié ses ailes,
Quand se réveilleront les mondes endormis,
Quand auront disparu les fatales querelles
Du juste et de l'injuste, incessants ennemis;

Quand tout aura sa voix, quand tout aura sa lyre,
Quand notre obscure nuit sera changée en jour,
Quand tout frissonnera d'un céleste délire,
Quand tout murmurera son éternel amour,

Le voile tombera de la face des choses,
Sur tout rayonnera la sainte vérité;
Toutes les actions, mystérieuses roses,
Pourront s'épanouir en toute liberté!

Les profonds océans auront leurs épopées,
De tous les continents sortiront mille voix;
Tous les lieux illustrés auront leurs mélopées,
Les îles, les cités, les fleuves et les bois,

Sainte-Hélène dira : « Je fus de la victoire
» Le brillant piédestal et le sombre tombeau ;
» Les peuples à jamais auront en leur mémoire
» Qu'en moi d'un conquérant s'est éteint le flambeau. »

« Et moi, dira Guernsey, d'un fils de la pensée
» Je fus l'asile saint ; sur mon rocher un jour
» Il souffrit, il mourut ! et sa fosse creusée
» Contient un grand martyr de génie et d'amour !

— » Mes échos rediront les éclats du tonnerre ! »
— « Les miens répèteront les doux élans du cœur ! »
— « Mon rocher glorieux sera le sanctuaire,
» Où les guerriers viendront saluer leur vainqueur ! »

— Vers moi les cœurs brisés arriveront en foule,
» Et je consolerai leurs souvenirs amers ;
» La gloire bien souvent comme un torrent s'écoule ;
» Qu'en reste-t-il ? hélas ! de bien tristes revers !

— « Mon héros fut le fait ! » — « Et le mien fut l'idée ! »
— « Il fut grand par le bras ! » — « Il fut grand par le cœur. »
— « La grande nation fut par sa main guidée ;
» Elle vainquit ! » — « Le mien fut par l'âme vainqueur. »

Et remplaçant les voix de ces deux îles-phares,
Sur l'immense Océan deux bruits retentiront ;
Au midi, les éclats des brillantes fanfares,
Les cris de mort mêlés au souffle du clairon !

Au nord, les purs échos d'une sainte harmonie,
Murmures échappés aux anges radieux,
Alors que, célébrant la puissance infinie,
Ils chantent sur la terre et remontent aux cieux !

31 décembre 1859.

FIN.

TABLE.

POÉSIES DIVERSES.

FIN DE LA TABLE.

Typ. Paul HUBLER.